D0579112

Amarse con los ojos abiertos

JORGE BUCAY
SILVIA SALINAS

Amarse con los ojos abiertos

SP
BUCAY

AMARSE CON LOS OJOS ABIERTOS

© MAGAZINES, S.A.
DIRECORAL, es, Argentina

Para su comercialización exclusiva en:
en México: Grecia, Letras de Norteamérica,
Caribe, países de Centroamérica, países del Caribe
Colombia, Venezuela, Ecuador y Perú

D.R. © EDITORIAL OCÉANO DE MÉXICO, S.A. de C.V.
Eugenio Sue 59, Colonia Chapultepec Polanco
Miguel Hidalgo, Código Postal 11560, Méx., o. D.F.
☎ 5282 0082   ☎ 5282 1944

PRIMERA EDICIÓN

ISBN 970-651-424-2

Quedan rigurosamente prohibidas, sin la autorización
escrita del titular bajo las sanciones establecidas en las leyes,
la reproducción parcial o total de esta obra por cualquier medio o
procedimiento, comprendidos la reprografía y el tratamiento
informático, y la distribución de ejemplares de ella mediante
alquiler o préstamo públicos.

IMPRESO EN MÉXICO / PRINTED IN MÉXICO

OCEANO

HOUSTON PUBLIC LIBRARY

R01225 55856

AMARSE CON LOS OJOS ABIERTOS

© MAGAZINES, S.A.
          Buenos Aires, Argentina

Para su comercialización exclusivamente
en México, Estados Unidos de Norteamérica,
Canadá, países de Centroamérica, países del Caribe,
Colombia, Venezuela, Ecuador y Perú:

D. R. © EDITORIAL OCEANO DE MÉXICO, S.A. de C.V.
        Eugenio Sue 59, Colonia Chapultepec Polanco
        Miguel Hidalgo, Código Postal 11560, México, D.F.
        ☎ 5282 0082   🖷 5282 1944

PRIMERA EDICIÓN

ISBN 970-651-424-4

Quedan rigurosamente prohibidas, sin la autorización
escrita del editor, bajo las sanciones establecidas en las leyes,
la reproducción parcial o total de esta obra por cualquier medio
o procedimiento, comprendidos la reprografía y el tratamiento
informático, y la distribución de ejemplares de ella mediante
alquiler o préstamo público.

IMPRESO EN MÉXICO / PRINTED IN MEXICO

*A Roberto Francisco Gómez,
sin cuya ayuda
hubiera sido imposible
escribir este libro.*

Índice

Prólogo

Escribir sobre terapia de parejas es un desafío que muy pocos han enfrentado con éxito. Jorge Bucay y Silvia Salinas muestran a lo largo de este libro no sólo que conocen el tema, sino que además tienen la experiencia y la capacidad para ayudar efectivamente a las parejas en crisis —que quieren resolver su situación— a que lo puedan hacer desde un verdadero "darse cuenta".

Conozco muy bien el trabajo de Silvia Salinas, por haber tenido la oportunidad de supervisar varias de sus primeras terapias de pareja. Sé de la seriedad con que trabajaba y de los éxitos obtenidos. Parejas extremadamente difíciles lograron en su presencia y con su ayuda lo que parecía casi imposible.

Con Jorge he trabajado en talleres didácticos y terapéuticos. Y tengo profunda valoración por los aportes que sus libros anteriores han representado para la difusión de la gestalt en Argentina.

Favorecer un verdadero encuentro entre dos que inicialmente se encontraron y se amaron y que empiezan a distanciarse porque no son capaces de soportar y menos de superar sus propias limitaciones, requiere algo más que una técnica; es un verdadero arte de escuchar en el aquí y ahora.

La manera que Jorge y Silvia encuentran para abordar este tema tan complejo es simplemente genial. El contrapunto entre la vida de Roberto y los mails de Laura, que constituye la trama básica de la novela, logra que los autores expresen de un modo sumamente original y fácil de captar aspectos esenciales de su propuesta para parejas.

La computadora, a veces como un personaje que aporta suspenso y tensión, otras veces como un recurso que se expande modificando el desarrollo mismo de la acción, es un verdadero hallazgo. A cada paso, lo entretenido del libro da lugar a la reflexión, y los temas —el contacto, el estar enamorado, los acuerdos, las peleas, la sexualidad, la identidad, los malos entendidos— urden un tejido inesperado en el que la ficción —tan parecida a la realidad— pone eficazmente en escena la teoría.

Uno de los aspectos esenciales de empezar a ver al otro tan alejado de nuestro ideal y distante de lo que fue nuestra imagen inicial, es nuestra propia incapacidad para aceptar en nosotros algo de aquello que criticamos. En el corto tiempo del enamoramiento no logramos aceptar ni reconocer ese aspecto en nosotros. Me refiero al aspecto o rasgo de carácter que negamos aun en su más mínima expresión, y que nos ha permitido extrapolar en sentido opuesto.

El "Yo Idealizado" —de acuerdo con Perls, Horney, etcétera— lo hemos construido especialmente negándonos o no dejando surgir en nosotros aspectos rechazados. La energía que gastamos en mantener una "autoimagen idealizada" libre de esos "defectos" que el otro exhibe abiertamente, es muy grande. Ésta es la maravilla del enamoramiento: dejamos de pelear con nosotros mismos por un tiempo. Todo aquello que rechazábamos y no queríamos admitir está en un contexto diferente y no sólo es aceptable sino querible. Muchas veces lo admiramos, incluso, y desde ahí podría empezar el proceso de dejar crecer ese aspecto en uno mismo. Cuando este camino se bloquea, la admiración se transforma en envidia y ése es un tema básico para explorar en una pareja.

En este libro, nada esencial referente al tema que nos interesa ha quedado afuera, todo ha sido tratado aunque sea de pasada y para ser llevado a una reflexión mayor.

Tengo conciencia de que mi propio enfoque de lo que es una terapia de parejas no podría haber sido mejor asimilado, transmitido, completado y corregido, como en este libro. Y eso me hace tener una deuda con los autores, porque es un tema muy querido para mí. Yo no me di el trabajo de corregir viejos apuntes sobre la experiencia de laboratorios de pareja que fueron absolutamente reveladores para los participantes y para nosotros, los que nos esforzábamos en encontrar el modo de poner en evidencia lo obvio y descubrir lo dinámico de un proceso tan central en nuestras vidas.

Lo mejor de este libro es que deja y abre las posibilidades de dialogar sobre el tema. Nada es dicho de un modo trascendental y docto, todo lo expuesto se puede volver a pensar y cuestionar.

El espejo, como muy bien se muestra en este libro, nos devuelve una imagen querible y verdadera de nosotros. No perfecta, sino verdadera. Es en el amor donde trascendemos nuestro ego. Cuando empiezan las críticas y las descalificaciones y empezamos a cultivar el desamor, el espejo nos muestra lo peor de nosotros, justamente aquello con lo que nos peleamos y por lo que nos odiamos a nosotros mismos y al espejo. El verdadero que algún día fuimos aparece como una fantasía o un delirio, pero nunca estuvimos tan cerca de la verdad que entonces. Tal vez eso haga perdurar lo que produjimos en ese tiempo: hijos, obras, empresas.

Es cierto que todo eso ocurre cuando se transciende el enamoramiento y llega el amor... Como dice Laura en este libro, el amor se construye entre dos y basta uno que juegue en contra para que lo conseguido se destruya.

La presente obra tiene el inmenso valor de incluir todas las posturas, las dudas, las críticas. Mi único temor es que se lea demasiado rápido, ya que tiene la virtud de atraparnos desde el primer capítulo, incluso a los que no navegamos en internet y apenas usamos las computadoras para escribir.

En algún momento me han comentado que existe un software para la depresión. Eso me hizo pensar que a raíz de este libro alguien pudiera inventar un software para la crisis de parejas. Podría suceder. Pero lo que jamás podrán inventar es el efecto perdurable y mágico de la escucha desprejuiciada y amorosa de terapeutas que creen en las parejas, que saben que en una relación elegida y adulta hay una posibilidad ilimitada de crecimiento.

Jorge Bucay y Silvia Salinas saben eso, y han tenido la increíble creatividad y capacidad para mostrarlo de un modo ameno que lo hace accesible a todo el mundo.

Por último, el desenlace de la historia que guía este libro es como el de toda buena novela: sorprendente y original.

Adriana Schnake Silva (Nana)
Anchilanen, Chiloe, febrero de 2000

Libro primero
rofrago@

Capítulo 1

Como de costumbre, encendió su computadora y fue a servirse un café. Detestaba esa tiránica decisión de su PC, o de los ingenieros en sistemas o de la realidad, de hacerlo esperar sin derecho al pataleo.

Cuando escuchó el arpegio de apertura del programa se acercó, movió el cursor sobre el icono que mostraba el pequeño teléfono amarillo y apretó dos veces el botón izquierdo del mouse. Luego volvió a la cocina, esta vez con la excusa de espiar en el refrigerador para confirmar que allí no había nada tentador, aunque en realidad para evitar que su máquina lo viera ansioso e impotente esperando la apertura de su conexión con internet.

Roberto tenía con su computadora ese vínculo odioso que compartimos los cibernautas. Como todos, él sobrevivía con más o menos dificultad —según los días— a esa relación ambivalente que se tiene con aquellos que amamos cuando nos damos cuenta de que dependemos de sus deseos, de su buena voluntad o de alguno de sus caprichos.

Pero hoy la PC estaba en uno de sus buenos días; había cargado los programas de distribución con velocidad y sin ruidos extraños, y lo más agradable, ninguna advertencia "de rutina" había aparecido en la pantalla:

No se puede encontrar el archivo dxc.frtyg.dll
desea buscarlo manualmente Sí? No?

La unidad C no existe.
Reintentar, Anular o Cancelar?

El programa ha intentado una operación no
válida y se apagará.
CeRrar

Error irreparable en el archivo Ex_oct. Put.
Reintentar o Ignorar?

Nada de eso.

Hoy era, pues, un día maravilloso.

Entró en su administrador de correo electrónico y escribió automáticamente su password. La pantalla tintineó y se abrió la ventana de recepción al programa.

Hola rofrago, tiene seis (6) mensajes nuevos

rofrago era el nombre de fantasía con el que había conseguido registrarse en el freemail de su servidor. Hubiera querido ser simplemente *roberto@...*, pero no, otro Roberto se había registrado antes, también un Rober... y un Bob,.. y un Francisco... y Frank... y Francis... Así que combinó las primeras sílabas de sus nombres y apellido (Roberto Francisco Gómez) y se registró: *rofrago@yahoo.com*.

18

Tomó un sorbo de café e hizo clic en la bandeja de entrada. El primer e-mail era de su amigo Emilio, de Los Angeles.

Lo leyó muy complacido y lo guardó en la carpeta Correspondencia.

El segundo era de un cliente que finalmente encargaba un estudio de mercadotecnia para una nueva revista de cine y teatro.

Le gustó la idea y mandó la carta a la carpeta Trabajo.

Los dos siguientes eran publicidad intrusiva. No se sabe quién quería vender vaya a saber qué a cualquiera que fuera tan idiota como para querer comprarlo... no se requería experiencia previa.

¡Cuánto le molestaban esas invasiones no autorizadas a sus espacios privados! Odiaba esos e-mails casi tanto como odiaba las llamadas impersonales a su teléfono celular:

Usted ha salido favorecido en un sorteo y ha ganado dos pasajes a Cochimanga, debe pasar por nuestras oficinas y completar sus datos, firmar los formularios y darnos su consentimiento para poder hacerle llegar SIN NINGÚN CARGO a su domicilio un maravilloso set de...

Borró esos dos mensajes rápidamente y se detuvo en el siguiente; era una carta de su amigo Ioschua.

Leyó con atención cada frase e imaginó cada gesto de la cara de Iosh cuando escribía. Hacía tanto que no se veían... Pensó que debía escribirle una larga carta. Pero ése no era el momento. Dejó el e-mail en la bandeja de entrada para que actuara como un recordatorio automático de su deseo.

El último mensaje era llamativo, llegaba de un destino desconocido: *carlospol@spacenet.com*, y el tema del envío figuraba como "Te mando". Roberto tenía la dirección electrónica en su tarjeta laboral, así que pensó que llegaba otra propuesta de trabajo. "¡Maravilloso!", se dijo.

Abrió el mensaje. Era un mail dirigido a un tal Fredy en el que alguien mandaba saludos y divagaba sobre no se entendía qué propuesta acerca del tema parejas. Firmaba: Laura.

Roberto no recordaba a ninguna Laura ni a ningún Carlos que pudieran escribirle, mucho menos le concernía la temática de la carta, así que rápidamente se dio cuenta de que era un error y borró el mensaje de su computadora y de su mente. Apagó la PC y salió para su trabajo.

A la semana siguiente le llegó un segundo mail proveniente de *carlospol@spacenet.com*; Roberto tardó menos de cinco segundos en apretar la tecla Eliminar.

Aquellos episodios habrían sido absolutamente intrascendentes en la vida de Roberto si no fuera porque tres días más tarde otro "Te mando" de Carlos traía a su computadora otra carta de Laura. Un poco fastidioso eliminó el mensaje sin siquiera leerlo.

El tercer mensaje de Laura llegó a la cuarta semana. Roberto decidió abrirlo para descubrir dónde estaba el error. No quería seguir sintiendo esa pequeña satisfacción y excitamiento que siempre le producía recibir correspondencia para luego frustrarse al comprobar que él no era el verdadero destinatario.

El mensaje decía:

Querido Fredy:
¿Qué te pareció lo que te escribí?
Podríamos charlar o cambiar lo que no estés de acuerdo.
¿Hablaste ya con Miguel?
Estoy tan excitada con la idea del libro, que no puedo parar de escribir.
Aquí va otro envío.

Y seguía un largo texto sobre relaciones de pareja. Roberto tenía algo de tiempo así que lo leyó rápidamente.

Cuando las personas se encuentran con dificultades en la relación, tienden a culpar a su pareja. Ven claramente cuál es el cambio que necesita hacer el otro para que la relación funcione, pero les es muy difícil ver qué es lo que ellas hacen para generar los problemas. Es muy común preguntarle a una persona en una sesión de pareja:
–¿Qué te pasa?
Y que conteste:
–Lo que me pasa es que él no entiende...
Y yo insisto:
–¿Qué te pasa a ti?
Y ella vuelve a contestar:
–¡Lo que me pasa es que él es muy agresivo!
Y yo sigo hasta el cansancio:
–Pero... qué sientes tú, ¡¿qué te pasa a ti?!
Y es muy difícil que la persona hable de lo que

le está pasando, de lo que está necesitando o sintiendo.

Todos quieren siempre hablar del otro.

Es muy diferente encarar los conflictos que surgen en una relación con la actitud de revisar "qué me pasa a mí", que enfrentarlos con enojo pensando que el problema es que estoy con la persona inadecuada.

Muchas parejas terminan separándose a partir de la creencia de que con otro sería distinto y, por supuesto, se encuentran con situaciones similares, donde el cambio es sólo el interlocutor.

Por eso, frente a los desencuentros vinculares, el primer punto es tomar conciencia de que las dificultades son parte integral del camino del amor. No podemos concebir una relación íntima sin conflictos.

La salida sería dejar de lado la fantasía de una pareja ideal, sin conflictos, enamorados permanentemente.

Es sorprendente ver cómo la gente busca esta situación ideal.

"...Y cuando el señor X se da cuenta de que su pareja no se corresponde con ese modelo romántico ideal y novelesco, insiste en decirse que otros sí tienen esa relación idílica que él está buscando, sólo que él tuvo mala suerte... porque se casó con la persona inadecuada..." (?)

¡NO!

No es así.

No se casó con la persona inadecuada.

Lo único inadecuado es su idea previa sobre el matrimonio, la idea de la pareja perfecta.

En cierto modo, me serena saber que esto que no tengo, no lo tiene nadie, que la pareja ideal es una idea de ficción y que la realidad es muy diferente.

El pensamiento de que el pasto del vecino es más verde o que el otro tiene eso que yo no alcanzo, parece generar mucho sufrimiento.

Quizá el aprender estas verdades pueda liberar a algunas personas de estos tóxicos sentimientos.

La realidad mejora notoriamente cuando me decido a disfrutar lo posible en lugar de sufrir porque una ilusión o una fantasía no se dan.

La propuesta es: hagamos con la vida posible... lo mejor posible.

Sufrir porque las cosas no son como yo me las había imaginado, no sólo es inútil, sino que además es infantil.

"Estos psicólogos nunca van a aprender a manejar una computadora", pensó Roberto recordando las consultas técnicas que cada tanto le hacía su amiga Adriana, la psicóloga.

Revisó cuidadosamente el destinatario: *rofrago@yahoo.com.* R-O-F-R-A-G-O. ¡No había dudas! El mensaje estaba dirigido a su casilla.

Se quedó algunos minutos inmóvil mirando la pantalla, quería encontrar una respuesta más satisfactoria para el misterio de los e-mails, pues le parecía que la ineptitud de Laura no era suficiente explicación.

Decidió entonces que el tal Fredy debía tener una casilla con un nombre de cuenta o mail parecido al suyo. La asignación de las casillas libres se hacía automáticamente y, por lo tanto, pequeñas diferencias bastaban para que el servidor aceptara las nuevas cuentas. Fredy (como él mismo) tampoco había podido registrarse con su nombre, así que había utilizado su apellido o el nombre de su perro o vaya a saber qué. Su dirección electrónica era entonces *rodrigo, rodrago o rofraga*... y Laura la había anotado mal. Un tipo no estaba recibiendo un material y una "psi" estaba escribiendo para él algo que nunca le llegaría.

Muy bien, todo aclarado. ¿Y ahora?

En algún rato libre del fin de semana resolvería el problema; alertaría a Laura de su error y ella encontraría la verdadera dirección de Fredy Rofraga (había decidido que ése era su apellido).

Roberto apagó su PC y se fue a la oficina.

Las pocas líneas de la tal Laura le rondaron la cabeza todo el día, y cuando hacia el final de la tarde le llamó su novia, se enredó con ella como tantas otras veces en esas discusiones infinitas que solían tener.

Cristina se quejaba de que él nunca tenía tiempo para salir. Cuando no estaba trabajando estaba descansando por haber trabajado y cuando no hacía ninguna de esas dos cosas estaba sentado en su escritorio frente a su PC "conectado" literal y simbólicamente con la realidad virtual.

Roberto también se quejaba; Cristina era demasiado demandante. Ella debía comprender que internet era su único momento de descanso y que él tenía derecho a disfrutar un poco de su tiempo libre.

—Ah, claro, estar conmigo *no* es disfrutar —había dicho Cristina.

–Bueno... A veces no... —contestó Roberto, lo cual (después pensó) era un exceso de sinceridad.

–¿Por ejemplo?

–Por ejemplo cuando me llenas de reclamos y quejas.

Cristina había cortado.

Con el auricular en la mano Roberto recordó la última discusión con Carolina, su pareja anterior, y sintió cómo venía a su mente una frase que había leído esa mañana en el mail de Laura: "...situaciones similares donde el cambio es sólo el interlocutor...".

Y recordó aún: "...uno siempre se la pasa hablando del otro...".

¡Era cierto! Eso era lo que Cristina y él hacían en cada discusión. Y era eso mismo lo que había dado fin a su relación con Carolina. De hecho se había separado de ella en la creencia de que con otra sería distinto.

Esa tarde se fue de la oficina un poco más temprano; quería releer el texto sobre parejas.

Apenas llegó a la casa tiró la chamarra en el viejo sillón gris de la entrada y encendió la PC. Esta vez la carga de los programas estaba más lenta que nunca, pero la esperó. Finalmente abrió su administrador de correo y cliqueó en el "Te mando".

Ahí estaba.

Editó el escrito y lo copió en el procesador de texto. Desde allí abrió el archivo temando.doc y buscó las frases que recordaba. Usó el marcador amarillo para resaltarlas y también marcó otras.

"Dejar de lado la fantasía de la pareja ideal."

"Esto que yo no tengo, no lo tiene nadie."

25

"Hacer con la vida posible... lo mejor posible."

"Las dificultades son parte integral del camino del amor."

Lo invadía una extraña mezcla de sensaciones: sorpresa, excitación, pudor, confusión. Algunas veces en su historia había pasado por esta extraña impresión de que la vida le acercaba de una manera misteriosa justo lo que él necesitaba. Se acordó del día en que conoció a Cristina, hacía ya más de un año. Él estaba bastante triste y algo desesperado. Con el dolor de la partida de Carolina había aparecido la punta del iceberg de su depresión y durante tres semanas no había sentido el más mínimo deseo de salir a la calle. Recluido en su casa había estado dejando sonar el teléfono hasta que la contestadora automática se hacía cargo de las llamadas: mensajes acumulados que de vez en cuando borraba sin siquiera escuchar.

Aquella tarde, aburrido de aburrirse, había decidido cambiar el texto de bienvenida de su contestadora por otro que dijera: "Estoy de viaje, no deje mensaje, nadie los recogerá". Le sonaba heroico y asertivo sincerarse de ese modo con sus amigos y no crearles expectativas de respuesta. Pero cuando levantó la tapa para grabarlo, una voz apareció en la contestadora:

—Hola, soy Cristina, tú no me conoces, me dio tu teléfono Felipe. Te voy a decir la verdad: el sábado tengo una fiesta fenomenal y sería dramático ir sola, o mejor dicho SUELTA. Dice Felipe que eres un gran tipo, divertido e inteligente (justo lo que mi médico me recomendó). Si es cierto y tienes ganas de tener buena compañía y maravillosa fiesta llámame al 6312 4376 antes del viernes. Si Felipe miente y no eres como él cree, perdón, número equivocado.

¿Por qué se había reproducido el mensaje si él no había tocado ninguna tecla?

Misterio.

¿Por qué Felipe, al que poco conocía, había dicho semejantes tonterías de él?

Misterio.

¿Quién se creía esa mujer para desafiarlo a él?

Misterio.

Llamó

Y aquí estaba otra vez esa conjunción inexplicable. Una psicóloga que él no conocía, desde alguna parte del mundo, le mandaba a decir a un tipo, en alguna otra parte del mundo, unas cosas sobre vínculos de pareja; esas cosas llegaban a él sin ninguna justificación y eran justamente las que él necesitaba escuchar.

Magia.

Siempre había pensado que estas coincidencias hacían a los supersticiosos creyentes y a los esotéricos, fanáticos. Más allá de la existencia de un dios o de cien mil, éstos y aquéllos sólo usaban su fe en El Todopoderoso para explicar (acaso de un modo fantástico) aquello que la lógica no podía resolver; buscando refugio en la idea de la divinidad para poder aliviarse, seguros así de que su destino individual no está simplemente ligado al azar, ni tampoco atado sólo a algunos aciertos o errores humanos. Roberto pensaba que hasta él mismo se tranquilizaría si pudiera creer que alguien o algo se haría cargo finalmente de su futuro, o si pudiera convencerse de que el destino, en toda su inmensidad, ya está escrito. Por desgracia no era su caso. Él no podía hacer otra cosa que aceptar la existencia del azar, de la casualidad, de lo inexplicable.

Coincidencias... Fortuna... Energías cruzadas... Buscaba en su mente la palabra que lo ayudara a definir lo que estaba sintiendo. En terapia había aprendido que es imposible tener dominio de la propia existencia si ni siquiera se le puede poner nombre a los hechos.

Se acostó pensando en la palabra faltante. Así, ensayando frases y combinaciones de sílabas, se quedó dormido.

De madrugada se despertó sobresaltado, debió haber tenido un sueño muy desagradable porque la cama estaba revuelta y las sábanas, hechas un ovillo, habían terminado arrojadas en el otro extremo del cuarto.

Se quedó en la cama sin moverse y volvió a cerrar los ojos para rescatar imágenes del sueño. Recordaba sólo algunas muy confusas: palabras y palabras aparecían en los monitores de cientos de computadoras, se reproducían vertiginosamente y crecían dentro de las pantallas hasta llenarlas todas... después las desbordaban y caían hacia afuera invadiendo toda la realidad tangible...

"Un mundo lleno de palabras —pensó—, demasiadas palabras." Tragó saliva y se levantó. En la regadera decidió que no iría a la oficina, de hecho tenía mucho para ordenar y podía hacerlo desde su casa.

Trabajó un rato en sus papeles hasta que empezó a sentir sobre los hombros el peso del aburrimiento, ese fantasma demasiado presente en su vida.

Levantó el teléfono y llamó a Cristina, con un poco de suerte la encontraría a punto de salir de su casa.

—Hola —contestó Cristina impersonalmente.

–Hola —dijo Roberto, con voz de apaciguar la historia.

–Hola —repitió Cristina en tono de fastidio.

–Tenemos que hablar —dijo Roberto.

–¿De qué? —contestó ella, decidida a ponerse difícil ante el acercamiento de él.

–De la situación política de Tanzania —ironizó él.

–Ja —fue la seca respuesta al otro lado del teléfono.

–De verdad Cris, juntémonos esta noche, tengo mucho para decirte y quiero leerte un texto que me llegó por internet.

–¿Un texto de qué?

–De parejas.

–¿Cómo que "te llegó"?

–Después te cuento... ¿a las ocho en el bar?

–No, pásame a buscar por el departamento —dijo Cristina, estableciéndose por una vez en el lugar del poder.

–Bueno —dijo Roberto—, chao.

–Chao.

"Después te cuento", había dicho. ¿Le contaría a Cristina el verdadero origen del texto de Laura? Seguramente no. ¿Por qué no? Las cartas encontradas eran correspondencia personal y su actitud podría ser vista como una clara violación de privacidad. No quería que ella supiera que él había sido capaz de fisgonear a otro. Seguramente lo reprobaría, se enojaría con él y despreciaría toda utilidad del contenido de la carta.

"Pero como diría Laura —pensó Roberto—, más allá de Cristina, ¿qué me pasa a mí?"

"¿Tenía él derecho a violar correspondencia ajena? Soy yo quien lo reprueba en realidad", se contestó.

Se levantó del sillón y encendió la computadora. Abrió su procesador de texto y escribió:

Laura:

Estoy recibiendo en mi casilla de correo las cartas que usted le envía a Fredy con los textos de lo que aparentemente es un libro sobre parejas.

Seguramente debe usted tener un error en el address de destino.

Atentamente.

Roberto Francisco Gómez

Abrió el administrador de correo para enviar el mail. El programa emitió automáticamente un beep y abrió la ventana de recepción que decía:

Hola rofrago, tiene un (1) mensaje nuevo

Sintió un pequeño estremecimiento. Hizo un clic en la bandeja de entrada y encontró en negrita el remitente y el asunto del mensaje recibido:

carlospol@spacenet.com: Te mando

Su cuerpo —particularmente la espalda, los hombros y el brazo derecho— registró el conflicto entre su deseo y sus principios. Roberto dudó. "Es un espacio privado", se dijo, pero de inmediato recordó el eslogan de portada de la revista de computación: "internet: el infinito sin privacidad".

Y pensó en los hackers, esa legión de jóvenes que dedican gran parte de su vida a surfear por internet entrando en cuanta base de datos encuentran en su camino, y para quienes el gran desafío es poder acceder a toda computadora que esté protegida, así sea de la Biblioteca Nacional, de la farmacia de la esquina o del Pentágono. Muchachos y muchachas de todo el mundo dedicando horas y trabajo mental a descubrir códigos secretos, claves de acceso y sistemas de encriptamiento de información para acceder a los datos y curiosear o incluso infectar con virus esas centrales a las que han accedido.

Era mucho más que una travesura adolescente.

"Internet es libre y cualquier freno que nos pongan es una restricción a nuestra libertad de navegar. Derrumbaremos esas barreras y dañaremos lo que hay detrás de ellas como protesta por querer ponerle límites a nuestra libertad. Ellos, los encriptadores, se ponen cada vez más creativos... nosotros también."

"Anarquistas cibernéticos", había dicho Roberto a un cliente unos días atrás.

Si bien él era bastante más parecido a un anarquista que un hacker, en ese momento se sintió representado por ellos.

Desplazó el puntero sobre la C de Carlos y apretó dos veces el botón izquierdo del mouse:

Ésta es, pues, la nueva propuesta, empezar a pensar la pareja desde otro lugar, desde el lugar de lo posible y no de lo ideal.

Por eso es que vamos a intentar ver los conflictos no sólo como un camino para superar mis barreras y poder acercarme así al otro, sino también como un camino para encontrarme con mi com-

31

pañero y, por supuesto, a partir de lo dicho, como un camino para producir el transformador encuentro conmigo mismo.

Estar en pareja ayuda a nuestro crecimiento personal. A ser mejores personas, a conocernos más.

La relación suma.

Por eso vale la pena.

Vale...la PENA (es decir, *vale* penar por ella). Vale el sufrimiento que genera.

Vale el dolor con el que tendremos que enfrentarnos.

Y todo eso es valioso porque cuando lo atravesamos, ya no somos los mismos, hemos crecido, somos más conscientes, nos sentimos más plenos.

La pareja no nos salva de nada, no debería salvarnos de nada.

Muchas personas buscan pareja como medio para resolver sus problemas. Creen que una relación íntima los va a curar de sus angustias, de su aburrimiento, de su falta de sentido. Esperan que una pareja llene sus huecos. ¡Qué terrible error!

Cuando elijo a alguien como pareja con estas expectativas, termino inevitablemente odiando a la persona que no me da lo que yo esperaba.

¿Y después? Después quizá busque a otra, y a otra, y a otra... o tal vez decida pasarme la vida quejándome de mi suerte.

La propuesta es resolver mi propia vida sin esperar que nadie lo haga por mí.

La propuesta es, también, no intentar resolverle la vida al otro.

Encontrar a otro para poder hacer un proyecto

juntos, para pasarla bien, para crecer, para divertir-
nos, pero no para que me resuelva la vida. Pensar
que el amor nos salvará, que resolverá todos nuestros problemas y nos proporcionará un continuo
estado de dicha o seguridad, sólo nos mantiene
atascados en fantasías e ilusiones y debilita el auténtico poder del amor, que es transformarnos.

Y nada es más esclarecedor que estar con otro
desde ese lugar, nada es más extraordinario que
sentir la propia transformación al lado de la persona amada.

En vez de buscar refugio en una relación, podríamos aceptar su poder de despertarnos en aquellas zonas en que estamos dormidos y donde evita-
mos el contacto desnudo y directo con la vida. La
virtud de ponernos en movimiento hacia adelante
mostrándonos con claridad en qué aspecto debemos crecer.

Para que nuestras relaciones prosperen, es me-
nester que las veamos de otra manera; como una
serie de oportunidades para ampliar nuestra conciencia, descubrir una verdad más profunda y vol-
vernos humanos en un sentido más pleno.

Y cuando me convierto en un ser completo,
que no necesita de otro para sobrevivir, seguramente voy a encontrar a alguien completo con
quien compartir lo que tengo y lo que él tiene.

Ése es, de hecho, el sentido de la pareja.

No la salvación, sino el encuentro.

O mejor dicho, los encuentros.

Yo contigo.

Tú conmigo.

Yo conmigo.

Tú contigo.

Nosotros, con el mundo.

Roberto sintió otra vez el desborde de la sorpresa. Ideas e imágenes de su vida reciente y pasada se agolpaban en su mente. La cabeza le estallaba, Laura escribía como si le hablara a él.

"Un camino para producir el transformador encuentro conmigo mismo."

"La relación suma. Vale... la PENA."

"El sentido de la pareja: no la salvación, sino el encuentro."

Laura decía exactamente lo que él necesitaba escuchar, como si realmente lo conociera. De hecho el mail parecía escrito por su terapeuta de hacía años, para despertarlo del infinito letargo de su ignorancia sobre el significado de estar en pareja.

A lo mejor Laura ni siquiera era psicóloga, quizá ni siquiera se llamaba Laura. Acaso no tenía ni idea de lo que decía y en realidad sólo transcribía párrafos de algún famoso libro o de una revista barata. Poco importaba. Lo cierto es que la claridad y la pertinencia del texto con relación a su vida actual volvieron a conmoverlo.

Pensaba en el encuentro de esa noche con Cristina. ¿Cómo transmitirle en palabras...? Algo se había acomodado en él de un modo diferente, algo se había corrido de lugar. De eso estaba seguro.

Pero ¿puede acaso una carta de un desconocido

ser tan reveladora? Él mismo no tenía respuesta a su pregunta. Sin embargo, intuía que algo misterioso y trascendente estaba ocurriendo.

Y de pronto se dio cuenta:

¡Sincronía!

Ésa era la palabra que había estado buscando despierto y dormido, eso era lo que había logrado conmoverlo: la sincronicidad de los hechos.

Recordaba ahora claramente haber leído sobre esa idea de los jungianos, la idea de que las cosas confluyen sincrónicamente en la vida para traer el mensaje necesario, el aprendizaje preciso, los recursos indispensables.

Y se acordó también de la frase mística:

"Sólo cuando el alumno está preparado el maestro aparece."

El maestro había aparecido.

Sus mensajes llegaban electrónicamente y él no podía renunciar a su palabra. O mejor dicho: no quería.

Decididamente, no mandaría aquel mensaje a Laura.

"Sincronía", se dijo mientras copiaba el mail en su procesador de texto a continuación del anterior y le ordenaba a su PC que imprimiera los dos juntos.

Mientras miraba la hoja de papel que la máquina escupía obedeciendo su orden, una emoción diferente lo poseyó. Con el puño cerrado dio dos o tres golpes breves sobre la mesa al acordarse de los mensajes anteriores que borró sin siquiera leerlos.

35

Abrió rápidamente la papelera de reciclaje buscando los elementos eliminados, pero no encontró nada...

"Sincronía...", se repitió, quizá para consolarse.

Capítulo 2

Estacionó el auto frente al edificio de departamentos donde vivía Cristina. Estaba inusualmente alegre, sentía que había llegado hasta allí sin historia.

Planeaba un encuentro nuevo, una nueva propuesta: una pareja estructurada en función del mutuo crecimiento.

Sonaba maravilloso.

Se miró en el espejo retrovisor y ensayó su mejor sonrisa, luego bajó del auto y al llegar al interfón eléctrico tocó el 4° A.

—¿Sí...? —atendió Cristina.

—Soy yo —dijo Roberto.

—Bajo —dijo ella.

Roberto se apoyó sobre el marco de la puerta y desenfocó la mirada hacia la calle; los autos pasaban, algunos aceleraban adelantándose a los que, por el contrario, se desplazaban a paso de hombre. Unos y otros se detenían en el semáforo de la esquina.

Se le ocurrió pensar que así era su vida, muchísimos hechos pasando desenfocados, algunos increíblemente rápidos, otros demasiado lentos, pero todos pasando y pasando en incansable caravana.

"Qué tonto sería que un hecho se quedara detenido, en mitad del camino, interrumpiendo el paso de los que siguen —pensó—, y sin embargo, a veces, mi vida se parece mucho a un gran atascamiento..."

Cristina tardaba demasiado.

"Me lo hace a propósito —pensó—, se está haciendo la interesante."

Empezó a irritarse.

"La puta madre, yo vengo con la mejor onda y ella me..."

Se interrumpió.

"Qué me pasa a mí —recordó—, por qué me irrita tanto estar esperándola. Por qué me irrita tanto esperar. También me molesta esperar al cliente que no llama... y la respuesta de un mensaje... y a que me atiendan en un bar... y a que se encienda la computadora. Me molesta esperar... —y siguió. ¿Por qué me molesta esperar?"

Siempre le había fastidiado la sensación de estar perdiendo el tiempo.

Recordó al mercader de *El Principito*, vendía pastillas para no tener que perder tiempo tomando agua. Uno podía ahorrar hasta veinte minutos en una semana, promocionaba el mercader. Y el Principito había pensado: "Si yo tuviera veinte minutos libres, los usaría para caminar lentamente hacia una fuente".

"Perdiendo el tiempo... —se dijo. ¿Cómo se puede perder lo que no se posee? ¿Cómo se puede conservar lo que no es posible retener?"

"Si pudiera elegir... ¿Qué querría hacer si dispusiera de veinte minutos de más?"

Sonrió.

"Sería muy buena inversión usarlos en esperar el encuentro con la persona amada."

Reacomodó su espalda contra la pared y siguió mirando la calle. Vio los autos que circulaban más espaciados; uno gris, otro azul y otro blanco, una camioneta café, una moto, un auto enormemente negro; y luego, por unos instantes, nada.

De pronto, la calle vacía de autos.

De pronto, su mente vacía de pensamientos.

Se sintió sereno, y su sonrisa se extendió a cada músculo de su cara.

Cristina tardó todavía algunos minutos más, quince... veinte... quién sabe.

Roberto no registraba el paso del tiempo, todo su universo estaba conformado por él, la calle y el descubrimiento del vacío.

La voz de Cristina lo interrumpió.

–Aquí estoy.

–Hola —contestó Roberto intentando volver al mundo de lo tangible.

–Como siempre llegas tarde... —se justificó ella— me puse a hacer otras cosas y entonces, cuando viniste temprano, no estaba lista.

Roberto ya sabía cómo seguía esta discusión.

–Yo no llegué temprano —habría dicho él—, llegué a tiempo.

–En ti, querido —hubiera dicho ella—, llegar a tiempo es llegar temprano.

Y él habría contestado:

–¿Todavía que te tuve que esperar más de media hora me quieres echar la culpa a mí?

Cristina, fastidiada por quedar al descubierto, seguramente hubiera optado por el contrataque.

—Mira Roberto —siempre lo llamaba por su nombre cuando se enojaba—, con todas la veces que yo te esperé, puedes esperar una vez y callarte la boquita.

Y todo hubiera seguido como siempre

—Yo no dije nada, tú empezaste cuando quisiste "enchufarme" que tu tardanza se debía a mis llegadas tarde.

—Sí, empezaste con ese "hola" de mierda con que me recibiste.

Y ése habría sido el comienzo del fin. Cristina habría continuado:

—Si me invitaste a salir para esto, te hubieras quedado en tu casa.

Y Roberto hubiera cerrado con:

—Tienes razón. ¡Chao!

Ella habría subido murmurando algunas palabrotas y él habría dejado el auto allí estacionado para caminar algunas cuadras hasta dejar la rabia o hasta animarse —se diría— a terminar con esta relación; echándole la culpa a ella de su infelicidad y sabiendo que Cristina lo responsabilizaría de todo a él.

Pero esta vez no, esta vez era diferente. Estaba dispuesto a explorar hasta el final lo que había aprendido.

"Ella está defendiéndose, justificándose, agresiva, como protegiéndose de mi enojo", pensó. "Pero ¿qué me pasa a mí? ¿Estoy enojado? Absolutamente no", se contestó.

Quizá su "hola" había sonado a reproche, o acaso Cristina había bajado esperando el reproche y leyó como tal cualquier cosa que él dijera. En todo caso valdría la pena aclararlo.

—Tranquila, Cristina —dijo—, está todo bien.

—No seas sarcástico —acusó ella.

—No lo estoy siendo —agregó Roberto—, la verdad es que estuve pensando algunas cosas y ni me di cuenta de tu tardanza.

—Te odio cuando tienes ese aire de superado —insistió Cristina buscando la pelea perdida—, además no te creo una palabra. ¿Así que yo tardé cuarenta y cinco minutos y tú ni si siquiera lo notaste...? ¡Ja!

"Asombroso", pensó Roberto y sonrió otra vez al recordar la sensación de la calle vacía dentro de él.

—Lamento que no me creas, Cristina —empezó a explicar—, pero la verdad es que no estoy enojado. En todo caso si tengo que decirte cómo estoy respecto de ti y de la tardanza, la palabra sería agradecido.

—¿Agradecido? —preguntó Cristina. ¿Agradecido?

—Agradecido.

Roberto se acercó y le dio un beso en la mejilla. Después la miró largamente mientras la sostenía con suavidad por los brazos.

—Valía la pena la tardanza —dijo Roberto—, estás hermosa.

Se abrazaron con ternura. Luego, él la tomó del hombro guiándola hacia el auto.

No se durmieron hasta las cinco de la mañana.

La charla con Cristina fue muy interesante y trascendente.

Leyeron juntos los dos e-mails de Laura y pasaron por alto las previsiblemente largas explicaciones sobre el origen de los textos.

Cristina se mostró bastante escéptica respecto del contenido. Acordaba con muchas cosas pero tenía —dijo— algunos desacuerdos.

Hablaron mucho sobre esos desacuerdos. Roberto se encontró siendo inusualmente respetuoso de las posturas de ella.

Por un lado, Cristina decía que el planteamiento le parecía un consuelo para tontos.

—Esto de aliviarse porque lo que yo no tengo no lo tiene nadie me parece estúpido... Además —dijo— me parece demasiado "psicologismo" pensar nada más que en lo de uno. ¿Y si el otro realmente está equivocado? ¿Y si el otro está objetivamente actuando mal, dañinamente o agresivamente o inadecuadamente...?

Por otro lado, ella sostenía que la propuesta partía de una idea conformista. Repitió dos o tres veces la frase "hagamos lo posible" acentuando su crítica en "lo posible".

—¿Quién sabe qué es "lo posible"? ¿Por qué debería dejar de buscar mi compañero ideal para tener juntos una relación maravillosa? —concluyó.

Algunos comentarios de ella hicieron que Roberto se diera cuenta de sus propias contradicciones.

Él siempre había vivido criticando a los que se conformaban sin luchar y, de alguna manera, el planteamiento, escuchado en boca de Cristina, se parecía a "resignarse a la mediocridad".

"Tiene razón", pensó Roberto, y a diferencia de otras veces, se lo dijo.

—Tienes razón, no lo había pensado.

Esa frase fue la llave que abrió una puerta interior

en Cristina. A partir de allí la conversación se volvió más jugosa y más esclarecedora.

Estuvieron de acuerdo en que ni el amor ni la pareja deben dañarse para salvar al otro. Acordaron que en su propia relación intentarían poner más el acento en mirar qué le pasaba a cada uno en todo momento.

—Es verdad —dijo Cristina—, por ejemplo anoche, cuando bajé, pensaba encontrarte enojado. Y en lugar de ver lo que me pasaba a mí, actué como si realmente me estuvieras reprochando la tardanza. Ahora puedo ver que en realidad era yo la que estaba enojada cuando te vi.

—Bueno —dijo Roberto—, ya fue.

—Valió la pena —dijo Cristina.

—Valió LA PENA —remarcó Roberto.

Esa noche hicieron el amor gloriosamente. Y a pesar de que Roberto sentía que nunca había estado tan en contacto con su propio placer, con sus propias sensaciones y ocupado en su propio orgasmo, le pareció que Cristina también había disfrutado del sexo más que otras veces.

Confirmó esa sensación cuando apagó la lámpara de su lado y vio cómo Cristina se incorporaba en la cama, lo miraba con una sonrisa y le decía esa frase, que en el folclor lúdico interno de esa pareja era señal de máxima aprobación:

—Muy bien Gómez.... muy bien.

Roberto le devolvió la sonrisa y le guiñó un ojo. Ella lo miró todavía una vez más y se dio vuelta, apagó la luz, se acurrucó en la cama cerca del cuerpo de él y cerró los ojos.

Unos segundos después susurraba entredormida, como hablándose a sí misma:

–...muy bien.

Alrededor de las dos de la tarde, apenas sintió que estaba despierto, Roberto tanteó la cama buscándola pero no la encontró.

Si bien Cristina le había avisado que al mediodía se iría a la comida en casa de Adriana, Roberto se había dormido seguro de que ella dejaría plantada a su amiga, como tantas otras veces, y se quedaría con él.

Se levantó bufando y con el mismo humor calentó el café que había quedado de la noche. Revolvió el renegrido líquido y hundió en el remolino del centro su sensación de conquista del paraíso.

Ella se había ido. Ella prefería esa estúpida comida a un maravilloso rencuentro.

"¡Carajo!", masculló.

Tomó el café sin animarse a sentirle el gusto. ¿Qué diría Laura de todo esto?

Encendió la computadora, buscó entre los mensajes recibidos y... ahí estaba.

Entonces ¿para qué estar en pareja?

Usamos nuestros ojos para vernos y reconocernos.

Podemos mirarnos las manos, los pies y el ombligo... Sin embargo, hay partes de nosotros que nunca nos hemos visto directamente, como nuestro rostro, tan importante e identificatorio que cuesta creer que nunca lo podremos percibir con nuestros propios ojos...

Para conocer visualmente estas partes ocultas a nuestra mirada necesitamos un espejo.

Del mismo modo, en nuestra personalidad, en nuestra manera de ser en el mundo, hay aspectos ocultos a nuestra percepción.

Para verlos necesitamos, aquí también, un espejo... y el único espejo donde podríamos llegar a vernos es el otro. La mirada de otro me muestra lo que mis ojos no pueden ver.

Así como sucede en la realidad física, la precisión de lo reflejado depende de la calidad del espejo y de la distancia desde donde me mire. Cuanto más preciso sea el espejo, más detallada y fiel será la imagen. Cuanto más cerca esté para mirar mi imagen reflejada, más clara será mi percepción de mí mismo.

El mejor, el más preciso y cruel de los espejos, es la relación de pareja: único vínculo donde podrían reflejarse de cerca mis peores y mis mejores aspectos.

Los miembros de las parejas que nos consultan pierden mucho tiempo tratando de convencer al otro de que hace las cosas mal. La idea es que aprendan a pactar en lugar de transformarse en jueces o querer cambiar al otro.

Si te muestro permanentemente tus errores, si VIVO para mostrarte cómo deberías haber actuado, si me ocupo de señalarte la forma en que se hacen las cosas, quizá consiga (quizá) que te sientas un idiota o, peor, que te vayas de mi lado o, peor aún, que te quedes para aborrecerme.

Quiero que me escuches con escucha verdadera, con la oreja que le ponemos al interés, al deseo, al amor.

Si en verdad quiero ser escuchado, entonces debo aprender a hablarte de mí, de lo que yo necesito y, en todo caso, de lo que a mí me pasa con las actitudes que tú tienes. Esta sola modificación hará probablemente que te resulte mucho más fácil escucharme.

Gran parte del trabajo en la terapia de pareja consiste en ayudar a cada uno a estar siempre conectado con lo que le está pasando y no con hablar del otro. Es decir, utilizar los conflictos para ver qué me pasa a mí y para hablar de ello. La idea de esta terapia es ayudar a dos personas que se fueron cerrando para que puedan abrirse. Generalmente llegan llenos de resentimientos, de cosas no expresadas, y la tarea del terapeuta es ayudarlos a soltarse, a decir lo que tienen miedo de decir, a mostrar su dolor.

¿Cómo ayudar a que dos personas vuelvan a abrirse, a mostrarse, a confiar? Básicamente generando un clima de apertura en el consultorio, ayudándolos a aflojarse, a mostrar sus necesidades.

Uno de los objetivos de la terapia es que el encuentro se produzca. Es verdad que un encuentro no puede forzarse, se da o no se da, pero hay actitudes específicas que ayudan. Lo que hacemos los terapeutas es observar qué hace cada uno de los integrantes de la pareja para evitar el encuentro, con la idea de mostrarles cómo lo impide cada uno.

La manera de no impedir el encuentro es estar presente, en contacto con lo que me va pasando.

Lo mismo en cuanto a mi pareja; ver qué está necesitando, cuál es su dolor.

Vemos otra vez cómo los conflictos son una oportunidad para descubrirme, conocerme, estar en contacto con lo que me pasa y aprender de ello.

Las parejas consultan porque están haciendo lo opuesto.

Cada vez que el vínculo entra en conflicto, cada uno comienza a interpretar al otro, a decirle lo que tiene que hacer, a responsabilizarlo de lo indeseable. Es norma que este esfuerzo culpógeno, la mayoría de las veces, no sirve para nada, y las demás veces... termina por arruinar todo.

La propuesta que hacemos no es novedosa pero sí fundamental:

Recuperar la responsabilidad de la propia vida.

En la práctica, que el que trae la queja de la situación sea capaz de contestarse a la pregunta: ¿qué hago yo para que la situación se dé como se está dando? Esto NO quiere decir que se haga único responsable de la situación, pero lo ayuda a revisar sus actitudes. ¿Qué otra cosa podría hacer para generar algo que resultara mejor?

Aquél de los dos que se quede "enganchado" en que el otro es el culpable y se sienta la víctima de las circunstancias, no evolucionará, se quedará estancado y frenará la evolución de la pareja.

Es responsabilidad de los terapeutas ayudar a los miembros de una pareja a dejar de jugar el juego de "pobrecito yo", para revisar qué otras posibilidades tienen, para encontrarle a la situación una salida creativa. Ayudarlos a usar el conflicto para

47

ver qué pueden desarrollar por sí mismos, descubrir cuáles son los puntos ciegos en los que se pierden y en qué obstáculos se quedan atascados.

Según nuestra experiencia, esta mirada es la única que los puede llevar a pensar en sus posibilidades, volverse potentes, en el sentido de desarrollar potencialidades, sentirse más creativos y, por ende, libres.

Éste es el camino en el que creemos y el que intentamos transmitir.

No esperar ni desear una vida donde no haya conflictos, sino verlos como una oportunidad para desarrollarse. Aprender a aprovechar cada dificultad que encontramos en el camino para ahondarla más, para conectarnos con más profundidad, no sólo con nuestra pareja sino también con nuestra propia condición de estar vivos.

Fritz Perls solía decir que ochenta por ciento de toda nuestra percepción del mundo es pura proyección...Y cuentan que después de decirlo miraba a los ojos al interlocutor y agregaba "...y la mayor parte del restante veinte por ciento... también".

Cuando las personas expresan sus quejas sobre lo que les ocurre, hay que investigar qué es "lo propio" en la persona que se está quejando.

Si a él, por ejemplo, le molesta el egoísmo de su compañera, puede ser porque se pelea con su propia parte egoísta, porque no se anima a reconocerla o porque no se da el permiso de privilegiarse.

Su camino en todo caso pasará por revisar qué le pasa con SU egoísmo y trabajar sobre eso, dejando que el otro sea como quiera (o como pueda).

Tomemos otro tema crucial para las parejas: el reparto de tareas. Si lo que ella necesita es que él se ocupe de determinadas tareas de la casa, lo que puede hacer es negociar con él para ver qué hace cada uno y llegar a un acuerdo. Por el contrario, si en lugar de eso ella gasta su tiempo en demostrarle que es egoísta, y lo compara con su madre ("que es igual a ti"), no llegará a ningún lado (de hecho no hay nada peor que mencionar a las madres en las peleas).

Una frase apropiada sería: "Tú puedes ser como quieras, pero de todas maneras pactemos y convengamos quién va al supermercado".

Abrir el sentido de la comunicación es un camino mucho más efectivo y sensato que tratar de demostrase lo egoísta o lo generoso que cada uno pueda ser.

Como terapeutas nos gusta proponer este pequeño " juego":

Pedimos al paciente en sesión que deje fluir las acusaciones que guarda contra ése que está sentado enfrente, que deje que se transformen en insultos: tonto, avaro, agresivo o lo que sea. Lo alentamos a que se anime, grite, apunte con su dedo índice acusatoriamente a su acompañante y deje salir los insultos guardados. Después de unos segundos le pedimos que se quede inmóvil en esa posición. Ahora dirigimos su atención hacia su mano y le mostramos un hecho simbólico y muchas veces revelador:

Mientras señala con un dedo al acusado, tres dedos señalan en dirección a sí mismo... El dedo medio, el anular y el meñique le están diciendo que quizá él mismo sea tres veces más avaro, tres veces más tonto y tres veces más agresivo que aquél a quien acusa.

Cuando algo me molesta del otro, casi siempre significa que en realidad me molesta de mí. Si yo no estoy en conflicto con ese aspecto, no me molesta que otro lo tenga. De manera que siempre mi pregunta es: ¿por qué me irrita esto del otro?, ¿qué tiene que ver conmigo?

Aprovechar los conflictos para el crecimiento personal, de eso se trata. En lugar de utilizar mi energía para cambiar al otro, utilizarla para observar qué hay de mí en eso que me molesta.

–¡Mi egoísmo! —le gritó Roberto a la pantalla.
...Y apagó la computadora.

Hot dogs.

Eso era lo único que había podido preparar con lo que le quedaba en el refrigerador. Seguramente Cristina estaba disfrutando de una buena comida, divirtiéndose con sus amigas y ni siquiera pensaba en él. ¿Y él era el egoísta? Ella la estaba pasando muy bien mientras él tenía que dejar el envase de mostaza diez minutos boca abajo para que salieran unas míseras gotas con las que condimentar las salchichas. Y encima tenía que aguantar que esa Laura le dijera que el egoísta era él.

Dio un gran mordisco al último hot dog.

–Ni me conoce.... —dijo en voz alta y con la boca llena.

¿Qué sabía ella? Como si alguien pudiera decir algo que le sirviera a todo el mundo.

Pero se había acabado, no iba a leer más esos mensajes. Tampoco iba a escribir la nota avisando que la dirección estaba mal, y si los mails nunca le llegaban al tal Fredy, mejor. Porque de todas maneras no servían para nada.

¿De que servía olvidarse de tener una relación ideal, de qué servía no enojarse con el otro, de qué servía fijarse qué le molestaba a uno, de qué servía crecer, si al final ella igualmente se iba?

Al final ella se iba y lo dejaba solo.

Roberto se levantó de la mesa y se dirigió a la cocina para lavar las pocas cosas que había usado. Mientras sentía en las manos el agua caliente no podía dejar de pensar que en otra época Cristina se hubiera quedado. Tal vez ya no lo quería, es decir, no como antes; ya no lo elegía por sobre las demás cosas. Quizá él tampoco la quería como al principio.

Cerró la llave y se secó lentamente las manos con el trapo, como si la minuciosidad del gesto fuera el correlato de su preocupación. Con paso incierto fue hasta su cuarto y se tiró en la cama.

Al cabo de unos segundos se levantó y se encerró en el baño. Unos minutos mas tarde y sin resultados volvió para acostarse, pero antes de que su cabeza tocara la almohada se incorporó otra vez.

Fue a la cocina, abrió el refrigerador y se quedó contemplando los envases buscando algo que lo tentara.... Nada lo convencía, así que cerró la puerta verificando que las gomas hubieran ajustado bien.

Luego salió al balcón, pasaron algunos coches, entró.

Una vez en su cuarto se quedó un momento en la puerta como si vacilara, después se sentó frente a la computadora.

Jugó al buscaminas; no lograba concentrarse, una y otra vez terminaba por hacer explotar las pequeñas bombas.

Cerró el juego y se quedó mirando los iconos en su pantalla: una computadora... una hoja de papel con un lapicero arriba... un mazo de cartas... un globo terráqueo... una lupa... un pequeño teléfono amarillo... la conexión con internet.

Miró a su alrededor como corroborando que nadie lo observaba... Estaba por hacer todo lo contrario de lo que se había prometido.

Entró en su correo electrónico. Ya sin sorpresa encontró el mail de Laura.

"Tal vez nadie podía decir algo que le sirviera a todos —se dijo a sí mismo—, pero quizá sí habría algo en este mensaje, algo, aunque fuera una sola frase, que le sirviera a él para aclarar qué le pasaba con Cristina, si la amaba o no, por qué se enojaba con ella, y por qué empezaba a preguntarse cómo sería Laura, cuántos años tendría, qué relación tendría con Fredy."

Querido Fredy:
Estuve pensando muchas cosas en estas semanas, pero no sabía cómo comunicarme.

¿Cómo fue tu viaje? Tengo muchas ganas de saber de ti.

Y recordaba aquello que escribiste para el congreso de Cleveland ¿te acuerdas?

"Amar y enamorarse.

"Quizá la expectativa de felicidad instantánea que solemos endilgarle al vínculo de pareja, este deseo de exultancia, se deba a un estiramiento ilusorio del instante de enamoramiento.

"En efecto, en un primer momento el encuentro es pasional, desbordante, incontenible, irracional. Las emociones nos invaden, se apoderan de nosotros y durante un tiempo casi no podemos pensar

53

en otra cosa que no sea la persona de quien estamos enamorados y la alegría de que esto nos esté ocurriendo."

"Estar enamorados nos conecta con la alegría que sentimos de saber que el otro existe, nos conecta con la poco común sensación de completud.

"Este estado no se sostiene mucho tiempo, pero queda inscrito como un recuerdo que sostiene la relación y que es posible recrear cada tanto.

Pasados algunos meses, la realidad nos invade y allí todo termina o empieza la construcción de un camino juntos."

"Cuando uno se enamora en realidad no ve al otro en su totalidad, sino que el otro funciona como una pantalla donde el enamorado proyecta sus aspectos idealizados."

"Los sentimientos, a diferencia de las pasiones, son más duraderos y están anclados a la percepción de la realidad externa. La construcción del amor empieza cuando puedo ver al que tengo enfrente, cuando descubro al otro. Es allí cuando el amor remplaza al enamoramiento.

"Pasado ese momento inicial comienzan a salir a la luz las peores partes mías que también proyecto en él. Amar a alguien es el desafío de deshacer aquellas proyecciones para relacionarme verdaderamente con el otro. Este proceso no es fácil, pero es una de las cosas más hermosas que ocurren o que ayudamos a que ocurran."

"Hablamos del amor en el sentido de 'que nos importe el bienestar del otro'. Nada más y nada menos. El amor como el bienestar que invade cuer-

54

po y alma y que se afianza cuando puedo ver al otro sin querer cambiarlo.

"Más importante que la manera de ser del otro importa el bienestar que siento a su lado y su bienestar al lado mío. El placer de estar con alguien que se ocupa de que uno esté bien, que percibe lo que necesitamos y disfruta al dárnoslo, eso hace al amor."

"Una pareja es más que una decisión, es algo que ocurre cuando nos sentimos unidos a otro de una manera diferente. Podría decir que desde el placer de estar con otro tomamos la decisión de compartir gran parte de nuestra vida con esa persona y descubrimos el gusto de estar juntos. Aunque es necesario saber que encontrar un compañero de ruta no es suficiente; también hace falta que esa persona sea capaz de nutrirnos, como ya dijimos, que de hecho sea una eficaz ayuda en nuestro crecimiento personal."

"El amor se construye de a dos, sobre la base de una química que nos hace sentir diferentes. Quizá por la sensación mágica de ser totalmente aceptados por alguien." Estar enamorado y amar. Qué difícil hablar de esto. El otro día, coordinando un grupo, les contaba lo que habíamos conversado nosotros sobre la idea de amar en términos de "que el otro me importe", y sobre la sensación física de estar con alguien que amo. Después le pedí a cada uno que dijera qué pensaba qué era el amor.

Una de las respuestas que más me gustaron fue la de un muchacho de veinticinco años que dijo: "Cuando amamos, vemos más allá de lo que se ve, en el amor los cánones estéticos pierden valor".

Welwood dice que el verdadero amor existe cuando amamos por lo que sabemos que esa persona puede llegar a ser, no sólo por lo que es. Creo que estar enamorado y amar son estados que van y vienen en una relación. En el inicio por lo general hay un periodo de pasión, donde se mezcla mucho lo que yo imagino, lo que proyecto en esa persona. Entonces coloco en ese ser humano que tengo enfrente mi hombre o mi mujer ideal.

El enamoramiento es más una relación mía conmigo mismo, aunque elija a determinada persona para proyectar lo mío. Y entonces podríamos preguntarnos: ¿por qué elijo a esa persona? ¿Qué pasa cuando, después de un tiempo, el otro se empieza a mostrar como es y eso no coincide con mi ideal?

Allí comienzan los conflictos. Él no es como yo había creído. La disyuntiva que aquí se plantea es ver si puedo amar a éste que veo o si me quedo pegada a mi hombre ideal.

Es en la resolución de este dilema que puede empezar el amor, cuando lo veo y me doy cuenta de que lo amo así como es. Incluso puedo llegar a amar las cosas de él que no me gustan, porque son de él y lo acepto como es.

Creo que las relaciones pasan por momentos de enamoramiento, momentos de amor, momentos de odio... En realidad, amor y odio están muy cerca. Nunca odiamos tanto a alguien como aquél a quien amamos. Como me dijo mi hijo el otro día en medio de un ataque de furia: "Te amodio" (quiso decir te odio pero se le escapó el amor).

Es saludable aceptar que esto es así. Vamos navegando en la relación, que verdaderamente se sostiene si nos mostramos, si estamos conscientes de qué nos pasa, si no lo negamos o hacemos como que no pasa nada.

Conciencia es la gran palabra. Seamos conscientes de lo que nos esta pasando, entreguémonos a ello. Así se cuida y se construye el vínculo.

El recurso es siempre el mismo: conciencia, centrarnos. Sólo si estoy dentro de mí puedo manejar situaciones difíciles.

Mucha gente vive arrancada de sí misma, sacada —como se dice ahora—, conectada sólo con lo que piensa y sin idea de lo que realmente siente. Así es muy difícil entregarse al amor. Para amar es imprescindible animarse a mirar hacia adentro.

Así, sin necesidad de que haya conflicto puedo mirarme, estar conectada y ser yo misma.

Si no me muestro, nadie puede amarme.

En todo caso amarán mi disfraz, como tú dices, y eso no me sirve.

Encontré un libro de Mauricio Abadi que habla del enamoramiento. Cito tres pasajes que me interesaron:

"El enamoramiento es más bien una relación en la cual la otra persona no es en realidad reconocida como verdaderamente otra, sino más bien sentida e interpretada como si fuera un doble de uno mismo, quizá en la versión masculina y eventualmente dotada de rasgos que corresponden a la imagen idealizada de lo que uno quisiera ser. En el enamoramiento hay un yo me amo al verme reflejado en ti."

"Enamorarme es decirte cuánto simpatizo contigo por sostener tan graciosamente el espejo en el que me contemplo para darme cuenta de mi amor por mí."

"Pero ocurre que, a medida que el tiempo transcurre y la relación va pasando por diferentes vicisitudes, el supuesto espejo va dejando de ser un espejo y parece optar por un natural deseo de recuperar su propia identidad.

"Al comienzo era tal el deseo de sentirse amado y admirado, que a él casi no le importaba demasiado que lo tomaran por otro. Puesto que de eso se trata. Tenemos tal necesidad de amor que durante algún tiempo lo disfrutamos, también tramposamente."

Y es verdad que es una trampa, como Abadi dice, porque en realidad esa pasión enamorada no es para ti sino para ese aspecto proyectado del otro.

Quizá deberías rechazar el halago de la carta donde te confiesan su amor incondicional y ciego y saber leer en el sobre el nombre del destinatario que no es el tuyo. Pero ¿quién podría?

De todas maneras, hagamos lo que hagamos, en unos instantes o en pocas semanas (cinco minutos a tres meses, como tú dices), el otro nos irá mostrando su realidad que no podrá ocultar, y empezará a ver nuestro verdadero yo que no podremos esconder para siempre, por halagador que nos resulte su enamoramiento y por hermoso que sea sentirnos enamorados.

Es como despertar de un sueño. Aparecerá poco a poco una persona asombrosamente diferente de aquélla con la que creíamos habernos unido. Es gracioso escuchar a los que abandonan su estado pasional y creen que el otro ha cambiado, que ya no es el mismo, cuando en realidad sólo han cambiado los ojos con los que miran.

Uno descubre las diferencias y éstas desembocan en confrontación.

Cuando él se te parecía tanto, era muy difícil discutir, pero también era complicado reconocer su verdadera existencia.

Recién ahora, uno puede descubrirse acompañado. Hay que buscar las diferencias e intentar unirse a través de ellas. No como antes, que nos unían sólo las semejanzas.

Adoro esa frase que te escuché una vez en un reportaje:

Enamorarse es amar las coincidencias, y amar, enamorarse de las diferencias.

El enamoramiento no es un sentimiento compartido porque no existe aún el sujeto con quien compartir.

El enamoramiento es una locura gratuita y casi inevitable, técnicamente un cuadro de confusión delirante con exaltación maniaca.

El amor, en cambio, es un producto cuerdo y costoso.

Es más duradero y menos turbulento, pero hay que trabajar duro para sostenerlo.

Releo esta carta y siento que ya no estoy muy segura de estar de acuerdo con lo que yo misma escribí, pero está dicho. Hazme saber tu opinión.

¿Tú en qué andas, Fred? ¿Disfrutando del calor de España? Te mando un beso.

Laura

Cuando Roberto terminó de leer estaba sonriendo. Se sentía satisfecho con su actitud de obedecer a su intuición y abrir el mail. Eso era justamente lo que le estaba pasando: la relación con Cristina ya no era la misma, ya no estaban enamorados. Pero a él le gustaba estar enamorado.

Poco a poco la sonrisa fue dando lugar a una mueca de profunda concentración. No sabía si quería ese cambio de intensidad por profundidad del que hablaba Laura, pues lo que él más disfrutaba era nada menos que esa intensidad, esa pasión, ese desborde. Pero lo cierto era que eso se había acabado, habían comenzado a verse como realmente eran y no había nada que pudieran hacer para evitarlo.

¿Y ahora?

Ahora todo terminaba...

De repente dudó. Todo termina o empieza la construcción de un camino juntos, sugería Laura.

Se preguntó cuál de las dos posibilidades sería aplicable a su historia con Cristina: ¿el final o el comienzo de algo menos intenso pero más profundo?

Y después se corrigió...

¿Cuál de las dos posibilidades quiero yo?

60

Capítulo 4

Por supuesto, Cristina llamó el lunes como si nada pasara.

—¿Qué tal la comida? —preguntó él mecánicamente.

—Bien —contestó ella, sorprendida por su frialdad. ¿Qué te pasa?

—Me siento fastidiado —dijo Roberto con sinceridad.

—¿Tengo yo algo que ver? —preguntó ella en un intento, que pronto confirmaría vano, de quedarse afuera.

—Por supuesto que tienes que ver... —Roberto hizo una pausa y luego continuó, mientras se preguntaba para qué estaba diciendo todo eso—: ¡Últimamente con TODO lo malo que me pasa tienes que ver!

—Pero si habíamos estado tan bien ayer...

—...tan bien... ¡que te fuiste a esa maldita comida!

—Pero Roberto, tú sabías.

—¿Y eso qué? Si yo sé que me vas a clavar un cuchillo ¿entonces la herida no me duele?

—¿No estás exagerando un poco con la comparación?

—No.

—Voy para allá.

61

–No. No quiero.

–Voy de todas maneras —dijo ella cortando antes de escuchar la respuesta.

–No voy a estar —amenazó él al vacío.

Roberto se quedó un rato con el teléfono en la mano; pensaba si debía irse antes de que Cristina llegara.

Debió estar muy indeciso porque cuando sonó el timbre todavía no había colgado el auricular.

Abrió la puerta sin mirar quién era y giró a la cocina a calentarse un café, cosa que hizo ignorando olímpicamente a Cristina. Ella lo esperó de pie en la sala.

–¿Podrías saludarme, no? —le recriminó.

Roberto la miró con furia y ensayó su más falsa sonrisa, una ampulosa reverencia completó la burla. Cristina se sentó en el sillón doble:

–No puedo entender lo que te pasó —comenzó diciendo.

Pero él no contestó. Se acercó a la ventana y miró displicente hacia la calle.

–No puedes hacer todo este escándalo porque me fui a una comida, ¿no te parece? —continuó genuinamente sorprendida.

–Puedo hacer el escándalo que quiera.

–¿Me puedes decir qué es lo que tanto te molesta?

–Mira, si lo tengo que explicar, entonces no vale la pena.

–¿Qué pasó con lo que me enseñaste de "vale la pena"?

–¡Lo olvidé!

–¡Estás imposible!

–¡Tú eres imposible!

Cristina tomó aire y decidió intentarlo por última vez.

–¿Podemos hablar?...

Roberto aflojó el gesto y se sentó en el sillón.

–¿Qué es lo que te pasa? —insistió ella.

–Pasa que no entiendo, estaba todo maravilloso, teníamos el mejor encuentro de nuestra vida y tú te tuviste que ir a esa comida. No entiendo... ¿tan importante era como para rifar todo lo conquistado?

–Pero Rober... la comida no me importaba para nada. Si tú me hubieras pedido yo me habría quedado...

–¿Si YO te hubiera pedido?

–Sí, ¿por qué no?

– ¿Tengo yo que pedirte ser más importante en tu vida que una estúpida comida?

–¿Tengo yo que adivinar qué es lo que tú necesitas para darte cuenta de que eres importante para mí?

–No sé, no sé, todo está podrido...

–No seas así, Roberto, no arruines todo por una estupidez.

–Tú lo arruinaste, Cristina, no yo. Esta vez fuiste tú, tú lo arruinaste esta vez.

–Lo lamento, la verdad es que lo lamento mucho...

–Yo también... yo también.

Pausadamente, ella se levantó, tomó su abrigo y la bolsa del sofá y caminó hacia la puerta; allí se quedó unos segundos de espaldas, como esperando la llamada de Roberto. Una llamada que nunca llegó. Salió del departamento con los ojos húmedos y dejando tras de sí la puerta apenas entornada.

Estaba furioso pero no sabía muy bien por qué. Pensaba que podía haber contemporizado, que podía haberle arrancado una disculpa más o menos sincera, podía haber salvado la pareja, podía... y había decidido no hacerlo.

¡Ella no se lo merecía!

¡Ella! pero... ¿y él? ¿se merecía él salvar su pareja?

Cada vez estaba más enojado, apretaba los puños y los dientes con fuerza, hasta hacerse daño. ¿A quién estaba castigando?

Recordó, de pronto, el cuento de la tristeza y la furia. La tristeza, que se disfraza de furia cuando no quiere quedar al desnudo. Para eso estaba allí su enojo: tapaba la tristeza, escondía el dolor, disimulaba su impotencia.

Sintió cómo sus ojos se llenaban de lágrimas, y luego, cómo desde allí alguna que otra rodaba por sus mejillas muy despacio.

Si no hubiera estado tan desbordado por la mezcla de emociones, habría podido recibir el mensaje que Laura le enviaba (sin saber, en respuesta a todo lo que le pasaba) y que lo esperaba ya en su computadora:

Resumiendo, Fredy:

La primera afirmación de la propuesta es que los problemas de pareja son problemas personales que se expresan en la relación.

Y estos problemas sólo emergen en el vínculo amoroso, dado que estando con otro salen a la luz aspectos de uno que estaban en la sombra.

Como terapeutas, la idea es tener esta mirada frente a los conflictos, y entonces, cuando una pareja viene a la consulta, abocarnos a ver cuál es la problemática personal de cada uno de ellos que está interfiriendo en la relación.

Ayudamos a que cada uno trabaje su problemática personal y mostramos cómo la neurosis de uno se engancha con la del otro.

La idea principal otra vez es:

Si te molesta esta situación, ¿qué cuestión personal se refleja en el conflicto?

El tema básico está plasmado en la frase de Hugh Prather: "Una piedra nunca te irrita a menos que esté en tu camino".

Nos enganchamos con el famoso tema de la proyección.

Pienso en aquello que tanto nos mostró Nana en sus laboratorios:

"Proyecto en el otro las partes de mí que más rechazo."

"Cuando me doy cuenta de cómo me molesta esto en el otro, investigo cómo me molesta en mí mismo."

"Si pienso que yo no tengo nada de eso que me molesta del otro, el trabajo es darme cuenta de qué pongo yo de lo que tengo; porque si no pusiera de lo mío no me molestaría."

Esto es básico en gestalt y es lo que dice Jung con el tema de la sombra. Proyecto mi sombra en mi compañero y al verla en él, la descubro.

A partir de allí tengo dos posibilidades: intentar destruir la temida amenaza destruyéndolo a él o aceptar la oportunidad de integrarme con mi sombra y terminar para siempre con su amenaza.

Sin duda esto cambia sustancialmente la óptica y la comprensión de los problemas de pareja.

Dejo de culpar al otro por lo que hace y empiezo a ver qué estoy poniendo yo en este particular conflicto. En vez de utilizar mi energía para cambiar al otro, la utilizo para observarme. Y a partir de allí hablar de mí, de lo que yo necesito, de lo que a mí me pasa con las actitudes que él tiene.

Esto es mucho más fácil de escuchar para otro. La llave es estar siempre conectada con lo que me está pasando y no hablar del otro. En todo caso, si no me agrada lo que sucede ¿qué otra cosa podría hacer yo para generar algo que me guste más?

Puedo quedarme llorando y quejándome, puedo buscar otro marido, o puedo ver cómo estar lo mejor posible con el que quiero y estoy.

Puedo usar el conflicto para encontrarle una salida creativa, para ver qué puedo desarrollar de mí misma, con qué puntos ciegos me estoy enganchando.

Éste es mi camino y el que transmito.

Esto es lo que me gusta de la vida, ir descubriendo sobre mí y sobre los otros; un desafío, no esperar que no haya conflictos, sino verlos como una oportunidad para desarrollarme.

Y si es cierto que una de las dificultades es lo proyectado, la otra es la dificultad para darnos cuenta de lo que verdaderamente necesitamos. Por supuesto que cuando no obtenemos lo que creemos necesitar, nos resulta más fácil reaccionar que procurarnos aquello que nos falta, aunque muchas veces estemos pidiendo cosas equivocadas.

Por ejemplo, puedo hacer un escándalo porque llegaste tarde. Así, la discusión se centra en esa pelea aparente. Pero no se trata de eso, sino de ver qué es lo que te estoy pidiendo a través de la puntualidad. Si me vuelvo loca porque llegas tarde, quizá lo que necesite no se resuelva con que llegues temprano. Habría que ver qué me afecta tanto, qué interpretación hago de tu llegada tarde, qué es lo que necesito de ti, qué te estoy pidiendo a través del reclamo de puntualidad... ¿Que me demuestres que te importo?, ¿que me valores?, ¿que me consideres? ¿De qué estoy hablando cuando reacciono?

Cuando estamos demasiado centrados en nosotros mismos, no podemos ver lo que le pasa al otro y nos volvemos autorreferentes.

Para el otro, desde afuera, nuestra actitud resuena por lo menos exagerada cuando no francamente irracional.

Y posiblemente lo sean porque estas actitudes tan arcaicas provienen en realidad de los primeros años de vida, de las conductas incorporadas para defendernos de las heridas padecidas en la infancia.

John Bradshaw llama a este recuerdo de la herida primigenia "el niño herido". Es este niño herido que llevamos dentro el que nos hace actuar así. Los dolores que no pudimos expresar en nuestra infancia los cargamos como una mochila, y se expresan con nuestras reacciones antes de que nos demos cuenta, de modo que nos encontramos instalados allí antes de poder pensar. Estas reacciones son las que nos causan más problemas en las relaciones íntimas.

67

Desafortunadamente, cuando estamos en una relación, los enojos y dolores no resueltos en el pasado los actuamos en el presente con el otro a través de nuestras reacciones.

Por lo general, estos viejos dolores no aparecen hasta que nos ponemos en pareja. El noviazgo y el matrimonio disparan estas viejas heridas y suponemos que es nuestro compañero el que las causa.

Habitualmente no ocurre al principio, sino en la medida que nos vamos sintiendo verdaderamente unidos con el otro.

Este niño herido que llevamos en nuestro interior es como un agujero negro que chupa todo, es como un dolor de muelas: cuando aparece no podemos pensar en otra cosa, el dolor domina nuestra vida.

En muchos casos de separación el problema no se encuentra en la relación de uno con el otro sino en asuntos no resueltos de uno de ellos (o de los dos) con su propio pasado.

Mi reacción genera tu reacción, y así nos vamos potenciando negativamente.

Cuando acarreamos a nuestros niños heridos tenemos la sensación de no estar nunca en el presente, siempre estamos reaccionando por cosas que nos pasaron hace muchos años.

Esto imposibilita la relación con el otro.

Hasta que no me ocupe de este niño herido, él seguirá reaccionando y empeorando mis relaciones íntimas.

Y el único que puede escucharlo soy yo mismo, cuando me ocupo de su tristeza, de su enojo. Entonces el niño no va a reaccionar, porque está contenido.

Es necesario aclarar que no es posible descubrir algunas de estas heridas en soledad. Necesitamos de alguien que nos permita encontrar nuestras heridas, un vínculo que las dispare con una persona que las autorice, que nos permita sentir lo que sentimos sin descalificarnos.

El niño herido necesita validación de su dolor.

Sólo cuando la persona se siente validada en su dolor, puede expresarlo y atravesarlo.

El dolor es un proceso que ocurre a través del shock, la tristeza, la soledad, la herida, el enojo, la rabia, el remordimiento. Y toma mucho tiempo.

Para llegar al punto del dolor es fundamental salirse de culpar al otro y observar qué me pasa a mí con mis reacciones.

Cuando establecemos una pareja hacemos un pacto inconsciente en el cual, por ejemplo, yo espero que tú seas el padre que no me va a abandonar y tú esperas que yo sea la madre que te va a aceptar incondicionalmente como eres. Y cuando esto no ocurre, porque es imposible que el otro cure mis heridas, empiezo a culparte.

En los peores casos, cuando una pareja siente ese vacío que no puede llenar el uno con el otro, deciden tener un hijo... y lo que aparentan ser dos adultos no son más que dos niños necesitados que buscan la salvación en su hijo. Parecen adultos, pero en sus relaciones interpersonales actúan como niños.

Hay personas que pueden ser brillantes en el nivel adulto, pero cuando vuelven a la intimidad de sus relaciones más comprometidas no son más que niños infinitamente necesitados que reaccionan frente a la falta de cariño, de atención o de reconocimiento.

Cuando vemos a las parejas en el consultorio, reconocemos de inmediato a los niños internos que se están expresando.

Muchas veces los adultos no se ponen de acuerdo porque en realidad cada uno está expresando a su niño herido, cada uno está en una escena de su infancia reclamándole a su mamá o a su papá diferentes cosas, y el otro no puede dar porque también está pidiendo lo suyo. Cuando podemos ayudarlos a darse cuenta de lo que está pasando, la discusión pierde sentido: dejan a sus niños calmados, ya que les dieron espacio para expresarse, y pueden volver al presente a encontrarse.

Nuestros niños heridos necesitan un espacio para expresar su enojo y su dolor. Cuando se lo damos, empiezan a crecer y no interfieren en nuestras relaciones íntimas.

Welwood nos inculca una lección práctica:

"Aprender a aprovechar cada dificultad que encontramos en el camino para ahondar más, para conectarnos con más profundidad; no sólo con nuestra pareja, sino también con nuestra propia condición de estar vivos."

Ojalá estés de acuerdo con incluir todo esto en el libro. ¿Qué opinas tú? Te mando un beso.

Laura

Roberto había leído el mensaje después de estar en la cama más de dieciséis horas. Siempre le pasaba lo mismo: cuando una aflicción lo invadía, su cuerpo respondía con sueño. Un sopor imprevisible lo asaltaba al despertar y le impedía levantarse aun cuando supuestamente ya no tenía ganas de seguir durmiendo.

La casa estaba sucia y llena de olores desagradables, el refrigerador vacío le parecía una contribución a su patética sensación interna, el desorden se enseñoreaba en su cuarto, le dolía la cabeza y la espalda.

Tambaleándose un poco llegó hasta el baño y se echó agua en la cara para despabilarse. Sin pasar por el cuarto a cambiarse se dirigió a la cocina a prepararse un café.

Había encendido la computadora mientras esperaba que el agua hirviera. Después la mezcló con el resto de café que quedaba en la bolsa y empezó a beber el amargo líquido negro en un movimiento automático. La lectura del mail terminó de despertarlo.

Fue hasta el teléfono, la luz titilaba anunciando que había mensajes. Seguramente eran de Cristina pidiéndole que la atendiera, que le llamara, que hablaran, etcétera. Sin corroborar su fantasía y cruzando los dedos, decidió llamarla.

Sus deseos se cumplieron: atendió la contestadora automática.

–No tenía que ver contigo —dejó grabado—, lo lamento. Creo que tengo que resolver algunas cosas mías para poder merecer estar contigo. No me llames. Te llamo yo. Un beso.

Buscó en su agenda el teléfono de su amiga Adria-

71

na, la psicóloga. Sentía que necesitaba un espejo donde mirarse un poco.

–¿Tendrías un ratito para mí?

Acordaron encontrarse cuarenta y cinco minutos
después en el bar cercano al consultorio...

Capítulo 5

Roberto volvió a su casa alrededor de la medianoche. Después de charlar con su amiga por un par horas se había ido a caminar por la calle... para pensar.

Todo parecía más claro ahora, Adriana había ayudado mucho. Desde hacía años Roberto pensaba que su enganche con la historia de su madre había sido superada. Pero no, ahí estaba el tema, si no intacto por lo menos presente.

La idea del niño herido de Laura le había asaltado la cabeza. ¿Cuántas veces ese niño interno había pataleado, gritado, llorado, arrastrado, amenazado y manipulado para conseguir la permanencia del otro a su lado?

Ahora era Cristina pero, de alguna manera, lo mismo había hecho antes con Carolina, y antes con Marta, y antes con Alicia, y antes y después con cada uno de sus amigos a los que exigía una incondicionalidad y disponibilidad imposibles de satisfacer, que terminaba espantándolos.

La claridad provenía de la serenidad que le daba poder poner en palabras lo que pasaba. Ahora se sentía en condiciones de definir lo que le estaba sucediendo y a partir de allí podría quizá modificarlo.

En su terapia había aprendido la importancia de poder nombrar las cosas. Siempre recordaba fascinado aquella sesión en la que había divagado sobre el valor cultural de ciertas palabras y frases...

...En las personas, que empiezan a ser cuando se las identifica con un nombre y un apellido (porque desde el punto de vista jurídico, alguien no registrado, no anotado, no nombrado, prácticamente no existe)...

...La importancia determinante que arrastra sobre nosotros llamarnos de tal o cual manera ("¿Cuál sería la carga —se preguntaba— de llamarse Soledad, Dolores o Angustias?").

...El peso implícito de llevar el nombre de un hermano, abuelo o tío muerto, o soportar el condicionamiento de responder al mismo nombre del padre o de la madre, que muchas veces conlleva la distorsión de verse obligado a seguir siendo "Jorgito", "Silvita" o "Miguelito" hasta que el padre o la madre se mueran y uno pueda abandonar el diminutivo para poder ser llamado finalmente Jorge, Silvia o Miguel...

...La expresión popular sobre cosas que escapan de control: "No tiene nombre" ("Lo que le pasó no tiene nombre", dice la gente queriendo significar que cualquier definición es insuficiente).

...La contraexpresión para mostrar claridad: "Llamar a las cosas por su nombre".

...La parábola bíblica: Dios mismo pidiéndole al hombre que le pusiera nombre a cada una de las cosas y los animales para poder "enseñorearse" sobre la creación.

...La decisión de los hombres de llamar a Dios "El

Innombrable", seguramente para garantizar así la falta de poder de los mortales sobre él...

"Nombrar es definir y definir es empezar a controlar, porque no se puede tener control sobre lo que no se puede definir ni nombrar", se dijo.

"Personas brillantes que en la intimidad no son más que niños infinitamente necesitados que reaccionan frente a la falta de cariño, de atención o de reconocimiento", recordó.

Debía empezar a trabajar sobre el niño herido en su interior. Nunca iba poder sostener una relación de pareja si no resolvía su enfermizo temor a ser abandonado.

"Y el único que pude cuidarlo soy yo mismo", recordó.

Debía definitivamente hacerse cargo de él.

"Cuando me ocupo de su tristeza, de su miedo y de su enojo, el niño no va a reaccionar, porque estará contenido."

Roberto casi no podía creer que todo esto sucediera por el cruce en su vida de los mensajes de una desconocida y por esta extraña e involuntaria comedia de enredos.

Con sorpresa se encontró pensando otra vez en Laura. Parecía que ese Carlos era su marido, su amante o su concubino, aunque por lo leído podía ser también su exmarido en buenas relaciones. "De todos modos, pensó, no debe ser difícil construir una pareja con alguien que sabe tanto del asunto." Laura mostraba tanta libertad, tanta comprensión, tanta experiencia. Eso era lo que él necesitaba, encontrar a una mujer así. Pero ¿dónde estaban estas mujeres? Bueno, él sabía dónde había una, vivía en una terminal bajo el nombre de *carlospol@spacenet.com*

Hasta ahí se dio cuenta de que la casilla de mensajes de Laura se llamaba *carlospol*. Le incomodó imaginar que Laura fuera el seudónimo literario de Carlos, un periodista de revistas femeninas decidido a ganar algo de dinero en confabulación con un psiquiatra de experiencia: Fredy. Pensando que el libro se dirigía a un público femenino, Carlos habría decidido aparecer como mujer y entonces había inventado a Laura...

Roberto abrió su carpeta de archivos y buscó los mails guardados. Leyó rápidamente buscando los textos donde pudiera hablar de Carlos...

¿Para qué siempre complicaba todo? ¿Por qué era tan rebuscado?

Un escrito mandado por Laura, quien se presentaba como una psicoterapeuta de parejas hablando de un libro, no debía ser otra cosa que lo que simplemente decía ser.

Laura era por lo tanto Laura, el tal Fredy era su amigo, y Carlos había sido, o lamentablemente todavía era, su marido.

Punto.

Y siguió fantaseando: "...al día de hoy Laura vive con sus dos hijos (?), un varón y una mujer en una gran casa en las afueras de Buenos Aires, posiblemente cerca del Delta, donde va a remar los sábados y los domingos con sus hijos y su exesposo...".

Pero el asunto era otro.

¿Qué hacía él pensando en Laura en lugar de preocuparse por su amenazada relación con Cristina?

Se acomodó ante la computadora y buscó en los

mensajes recibidos. Allí estaban: "Te mando 1" y "Te mando 2".

¡Hola Fred!

¿Qué pasa que no me contestas? Vamos, no seas vago.

De hecho quiero tu opinión sobre un paciente que veo desde hace un año. Me parece que sus problemas tienen aspectos importantes para el libro.

Hace un año que viene a verme, y una de las primeras cosas que le sucedieron fue darse cuenta de que estaba enamorado de otra mujer. Desde ese momento se debate en el dilema de irse a vivir con su amante o quedarse con su mujer y su hijo. Y ayer me decía una cosa muy interesante: que se daba cuenta de que lo que más lo apasionaba con su amante era la cualidad que ella tiene de impredecible, que él nunca sabe dónde está.

Pensábamos juntos en esta paradoja, en que la cualidad de la pasión está muy relacionada con esta posibilidad de que el otro no esté, la sorpresa, lo fuera de programa. Si esto se convierte en una relación convencional, la pasión cae por definición.

Qué absurdo querer juntar la pasión con el matrimonio. ¿Cómo elegir entre la familia y la pasión? Es imposible, sobre todo porque si elige la pasión y se va con su amante, ésta pronto caerá en las garras de lo formal.

Él disfruta de su familia, de volver a su casa y estar con su mujer y su hijo. La cuestión acá se agrava porque él no sólo no tiene pasión con su mujer, sino que ni siquiera le gusta estar con ella, no se di-

77

vierte fuera de la casa con ella, no le interesa viajar con ella. Yo creo que él guarda mucho resentimiento que nunca expresó.

Ayer hablaba de temas similares con otra pareja. Para él fue muy relajante enterarse de que esta problemática era algo habitual. Ella, en cambio, se enojó muchísimo, se negaba a aceptar que estas cosas pasan. Creo que la salida es aceptar las cosas como son y ver qué podemos hacer, cómo cada uno resuelve su propia vida. A mi juicio, la postura de ella era muy infantil: "No quiero que esto pase". Creo que muchas veces toda la terapia consiste en que el paciente se dé cuenta de que las cosas pasan como pasan y no como él decide.

Anoche estaba leyendo el libro de Welwood *El desafío del corazón*, y me pareció interesante traducir este párrafo para nuestro libro:

"En las sociedades tradicionales el matrimonio arreglado por los padres era la norma, basado en consideraciones de familia, estatus, salud, etcétera. El matrimonio era más una alianza de familias que de individuos. Servía para preservar el linaje y propiedades familiares y socializar a los niños en su lugar dentro de la fábrica social. Ninguna sociedad tradicional consideraba los sentimientos de amor espontáneos individuales como base válida para relaciones duraderas entre un hombre y una mujer.

"Más que eso, ninguna temprana sociedad ha tratado, mucho menos tenido éxito, en juntar amor romántico, sexo y matrimonio en una sola institución.

"La cultura griega juntaba sexo y matrimonio,

pero reservaba el amor romántico para las relaciones entre hombres y muchachos.

"En el amor cortesano del siglo XII, del cual vienen nuestras ideas acerca del romance, el amor entre el hombre y la mujer estaba formalmente dividido del matrimonio.

"No fue hasta el siglo XIX que los victorianos tuvieron una visión del matrimonio basada en ideales románticos. Pero lo excluido era el sexo: la mujer era considerada enferma si tenía deseo o placer sexual. El placer del sexo estaba relegado a los prostíbulos.

"Es sólo una creencia muy reciente que amor, sexo y matrimonio deben encontrarse en la misma persona. Somos los primeros que tratamos de juntar el amor romántico, la pasión sexual y un compromiso marital monógamo en un solo acuerdo. Según Margaret Mead, es una de las formas matrimoniales más difíciles que la raza humana ha inventado."

Quizá sea un poco osado publicar algo así. Pero me gustaría transmitir esta idea de alguna manera. Como dando un permiso para que cada uno encuentre una vuelta propia a su vida. Poner sobre la mesa la idea de que el matrimonio, así como está planteado, es muy difícil, y que cada uno tenga la opción de encontrar sistemas para vivir más plenamente.

No digo que necesariamente esos aspectos (compromiso marital, amor romántico y pasión sexual) tengan que estar repartidos. Propongo que tomemos conciencia de la magnitud y dificultades que se presentan justamente al intentar reunirlos en un solo vínculo. Y esta breve historización, creo, conecta muy directamente con la posibilidad de esa toma de conciencia.

Esta semana vino a verme una pareja que llevaba ocho años de casada y con dos chiquitos. En la sesión ella plantea que tiene una relación con otro hombre, y que quiere que él le dé un tiempo para vivir eso y luego resolver si pueden seguir juntos.

Él la quería matar, no quería darle el tiempo que ella pretendía, quería un divorcio ya.

Yo me quedé pensando que podríamos trabajar lo que le pasa a esta mujer como una actuación o expresión del resentimiento que viene acumulando hacia él.

Pero en este momento, que ella tiene tal enredo con otro hombre, lo más viable es que viva esto y luego, si se le pasa y quiere reconstruir el vínculo con su marido, que vengan a verme.

Obviamente, también pensé que ella debería haberse callado, y aguantar esta situación sola, esperar a que se le aclaren las cosas antes de hablar.

Cuando conversamos, él entendió que ella no puede parar esto que le pasa, que aunque él le pida que no vea más al otro, ella no puede hacerlo. También le podría haber pasado a él.

Me gustaría poder hablar de todas estas cosas. La dificultad es cómo hacerlo en un libro como el nuestro. Tendríamos que encontrar la manera, así como también qué decir y qué no decir. Fundamentalmente, me entusiasma la idea de jugarnos en estos temas de los que no se habla.

Laura

Fredy:

Como verás, cuando estoy embalada no puedo parar. Me encantó la discusión que mantuvimos sobre la frase de Nana: "Las parejas se separan por lo mismo que se juntan".

Las parejas se separan por lo mismo que se juntan, sí.

Muchas parejas reflexionan: "¿Por qué me enamoré de él si somos tan diferentes? Quizá con otro que tuviera gustos parecidos a los míos me llevaría mejor...".

Sucede que justamente lo que nos atrae es la diferencia. Al comienzo me fascina que él tenga eso que para mí es tan difícil tener. Me completo con mi pareja porque justamente ella puede hacer cosas que yo no puedo y viceversa. En la etapa de enamoramiento no sólo acepto esas características en él, sino que también las acepto en mí misma. Por ejemplo, si soy una persona muy activa, con tendencia a la acción, me fascino con su tranquilidad, su capacidad receptiva, su introspección. La otra persona, a su vez, se fascina con mi capacidad para estar en el mundo, para ir hacia adelante, etcétera.

Pero el problema viene después. Porque es cierto que al principio me agrada la diferencia, pero cuando el enamoramiento decae, comienzo a pelearme con mi pareja por estas mismas características que me acercaron. Si yo he desarrollado especialmente el lado activo, probablemente tenga una pelea con el lado pasivo. Al dramatizar con él esta pelea, yo me pongo en el bando del pasivo y él es mi

81

enemigo en el bando de los activos, es decir, traslado a la relación una vieja pelea interna. Al enamorarme de la otra persona porque se permite ser tan relajada y quieta, de algún modo yo me reconcilio con este aspecto negado; pero si no lo desarrollo en mí, voy a terminar peleándome con mi compañero del mismo modo en que antes me peleaba con ese aspecto negado.

Ante esta circunstancia, la clave es desarrollar los aspectos nada o poco evolucionados que vemos en el otro. Así, nuestro compañero se convierte en nuestro maestro o en nuestro enemigo. Ésta es la elección.

Nuestra propuesta consiste en desarrollar estos aspectos negados o en pugna, para así integrarnos con nosotros mismos, hacernos personas más enteras, parando la pelea interna y externa.

El ejemplo más adecuado sería verlo en nosotros, ¿no te parece?

Me fascina tu capacidad para decir las cosas, tu manejo de las palabras y de las relaciones. Yo soy una persona antipática que siempre se pelea con las formas. Acercarme a trabajar contigo, Fredy, es una oportunidad para reconciliarme con esta parte mía y convertirte en mi maestro en ese aspecto. Por el contrario, lo neurótico sería enojarme porque le das tanta importancia a las formas y no te das cuenta de que lo único importante es el contenido.

Aquí tú tendrías que poner tu lado en el asunto. qué aspecto rechazado puedes integrar en tu relación conmigo.

Esto se relaciona con lo que venimos diciendo

de que la pareja es un espejo en donde veo mis partes negadas. Como ya dije, el acento está en desarrollar lo que niego, o las partes con las cuales estoy en pelea, sabiendo que si no lo hago voy a terminar separándome por la misma causa por la que me uní. Éste es el desafío de la pareja.

En este sentido, la relación me sirve para integrarme, porque si no me integro voy a pelearme y hasta separarme de la persona que me recuerda todo el tiempo una pelea interna.

En realidad, esto es parte de lo que ocurre. En otro capítulo hablaríamos de los problemas personales con los cuales tengo que enfrentarme por estar en esta relación, en tanto al estar con otro me enfrento con aspectos míos horribles que estando sola no tendrían oportunidad de salir.

Por eso a veces es tan difícil estar con otro. Porque cuando estoy sola puedo imaginarme que soy de lo mejor; pero en el contacto íntimo sale lo mejor y también lo peor de mí: mi competencia, mis celos, mi lucha por el poder, mis ganas de controlarte, de manipularte, mi falta de generosidad, etcétera, etcétera, etcétera.

Es duro ver esto en uno; es un desafío aceptarlo y ver qué hacer. La salida más fácil es pensar que es el otro el competitivo, el egoísta, el duro...

Cito a Nana:

"Pareciera que los mismos elementos que contribuyen a mantener la estabilidad y armonía de una pareja, son los que pueden contribuir a su destrucción."

"Toda relación que no favorezca la expansión

del Yo, que impida el crecimiento, aun cuando sea estable y/o aparentemente gratificadora, encierra el germen de su propia destrucción. Poder ver estas limitaciones oportunamente es de un valor incalculable. La relación verdadera con el otro, en el cual en un momento hemos creído y ante cuya presencia fuimos capaces de trascender y traspasar nuestra angustia de soledad y autosuficiencia, es una de las situaciones hermosas que nos permite acercarnos a los seres humanos con amor."

Qué hermosa frase. Quisiera citar a Nana todo el tiempo. Muchas veces siento que todo lo que sé, de una manera u otra, lo aprendí de mi madre o de ella.

En este momento me acuerdo de alguna vez cuando charlamos informalmente sobre nosotros en aquel bar de Once, ¿te acuerdas? De repente yo te dije algo y la cara se te abrió, fue como un darte cuenta para ti.

Ahí sentí por primera vez que me recibías de verdad, que me escuchabas de otra manera.

Fue luminoso, pero qué estúpido sería pensar en no verte más cuando eso no sucede.

Te dejo un beso.

Laura

Durante los días que siguieron Roberto se quedó casi todo el tiempo en su casa. Salía sólo para lo imprescindible relacionado con su trabajo y para unas pocas compras inevitables.

¿Sería cierto que las parejas se separaban por lo que se habían juntado?

Era una idea fuerte, debía pensarla mucho. Sin

embargo, no parecía ser éste un buen momento. En su mente aparecía imaginariamente el cartelito de TILT que se encendía en los viejos juegos de pinball electrónicos cuando se zarandeaba demasiado la máquina intentando hacer entrar la bolilla de acero en el agujero. Ésa era una buena descripción de cómo se sentía: desencajado, zarandeado, conmovido, parado en un lugar equivocado, "tildado".

Dos veces por día encendía la computadora y buscaba mensajes en su casilla. Al principio lo hacía con displicencia, pero a medida que transcurría la semana notó que se iba poniendo inquieto ante la ausencia de noticias. Por fin, a los ocho días llegó un mensaje:

Querido Fredy:
Éste es el último e-mail que te escribo.

Me encanta escribirte, pero tu silencio es muy doloroso.

Yo sé que escribo por el placer de escribir, sé que necesito hacerlo, me alegra, me hace bien, me conecta conmigo. Pero también necesito respuestas.

Sé que lees lo que escribo, te visualizo abriendo tu computadora, esperando mis archivos, y sé que no puedes escribir ahora.

La escritura es algo que se nos aparece, que se nos impone, no la podemos forzar.

Pensé mucho en esto que converso tanto con mis pacientes, sobre aceptar el ritmo del otro. Y por eso espero pacientemente que sea tu momento de volver a conectarte conmigo.

Veo mucho en las parejas que trato los desencuentros a causa de los ritmos diferentes que tienen para encarar la vida. Sé que es importante aceptar el ritmo del otro.

Sé que los hombres huyen cuando se sienten presionados.

Las mujeres suelen quejarse de que los hombres se cierran al contacto, y no se dan cuenta de que es una respuesta a la presión que ellas ejercen. Los hombres se cierran cuando se sienten forzados, cuando no les damos el tiempo que necesitan.

Me digo a mí misma que tengo que seguir escribiéndote, porque es un placer para mí.

Como el tema del dar y el recibir que conversamos tantas veces.

El acto de dar es un recibir en sí mismo; yo recibo el placer de que recibas algo bueno que tengo para darte. Recibo la alegría de que me escuches y que valores lo que te doy. No tiene sentido dar esperando algo fuera del acto mismo de dar.

Pero llega un momento en que necesito tu palabra, me duele tu silencio.

Por eso tengo que decirte que éste es mi último e-mail.

Nos encontraremos en otro viaje, en otro congreso, en otro momento...

Cariñosamente.

Laura

Roberto sintió un frío en la columna y releyó el mail. No podía ser. ¿Cómo Laura iba a dejar de escribir? ¿Sólo porque el idiota de Fredy había dado mal su address él se vería privado de los mensajes de Laura?

No era justo.

No lo era.

Laura había sido durante las últimas semanas la persona más confiable y perceptiva de su entorno. No podía permitir que desapareciera, como Cristina, como Carolina, como todos...

Algo tenía que hacer.

Se preguntó qué haría Fredy si se enterara de que Laura estaba dejando de escribir. "Puede que él contestara este mail...", pensó. Pero Roberto tampoco sabía la dirección electrónica correcta de Fredy.

Podía hacer algunas pruebas... ¡Teléfono!

Se levantó a buscar la guía pero antes de llegar al librero recordó que no sabía su apellido.

Podía averiguarlo si preguntaba por el tal Fredy entre sus conocidos "psi". Pero... ¿y luego?

Después Laura y Fredy se comunicarían entre sí y él quedaría definitivamente fuera del canal de comunicación con Laura...

Él no podía prescindir de esos mensajes.

No por ahora.

Se levantó de su sillón y empezó a merodear por el departamento, necesitaba encontrar una solución.

¿Y si averiguaba el teléfono de Laura y le hacía creer que Fredy estaba fuera del país y que por eso no contestaba?

En realidad no necesitaba su teléfono, podía hacérselo saber por e-mail.

Laura:
Anoche me llamó Fredy para pedirme que le avise que él está de viaje y que le...

Laura:

Anoche me llamó por teléfono nuestro amigo común Fredy. Ya sabrá usted que se tuvo que ir con urgencia...

Laura:

Anoche me llamó por teléfono nuestro amigo común Fredy. Llamó para pedirme que le avise que él está de viaje y que le pida que por favor siga escribiendo que cuando él regrese le explicará todo...

Laura:

Anoche me llamó por teléfono nuestro amigo común Fredy.

No sé si sabe que él no está en el país. Entre las cosas que charlamos me pidió que le avisara que siga con el libro y que a su vuelta él mismo le contestará todos los mensajes juntos...

No servía. Fredy quedaba como un tarado. En cualquier lugar del mundo había computadoras...

¿Por qué no se lo hacía saber él, en lugar de llamar a su amigo Roberto?

¡Eso!

¿Por qué no se lo decía Fredy mismo?

¿Por qué no?

No había cámaras, ni letra, ni remitente. ¿Cómo podría Laura saber que la disculpa provenía de él y no de Fredy?

Laura:

Te ruego que no te enojes.

Estuve muy ocupado con trabajo y viajes y por eso no pude responder a tus maravillosos mails...

"maravillosos"... ¿Serían maravillosos para Fredy?

...no pude responder a tus mails. Creo que en un par de meses más o menos podré hacerme de un poco más de tiempo para contestarte. Mientras tanto no dejes de escribirme. Me sirve todo lo que dices y estoy seguro de que el libro va a ser maravilloso.
Besos.

Fredy

Releyó y borró "un par de meses más o menos" y lo remplazó con "pronto". Borró "Besos" y escribió "Un fuerte abrazo". Agregó un "Querida" antes de "Laura" y cambió "Te ruego" por "Te pido". Sacó el "todo" de "todo lo que dices" y cambió el "maravilloso" por "un éxito".

Querida Laura:
Te pido que no te enojes.
Estuve muy ocupado con trabajo y viajes y por eso no pude responder a tus mails. Creo que pronto podré hacerme de un poco más de tiempo para contestarte. Mientras tanto no dejes de escribirme. Me sirve lo que dices y estoy seguro de que el libro va a ser un éxito.
Un fuerte abrazo.

Fredy

No estaba mal.

Nada mal.

Roberto respiró hondo y buscó el icono de enviar. Apoyó el cursor sobre él y volvió a leer el mensaje que estaba a punto de mandar.

Volvió una vez más al texto, borró "fuerte" dejando "Un abrazo".

Tenía que dejar de revisarlo o no lo mandaría nunca. Después de todo, no tenía nada que perder; si no ideaba alguna respuesta los mensajes de Laura no volverían a llegarle.

Apretó el botón y envió el mensaje.

La pantalla parpadeó y el aviso de *Mensaje enviado* apareció frente a Roberto. No había manera de volverse atrás.

Capítulo 6

Parecía un adolescente enamorado, esperando al lado de su computadora como cuando tenía dieciséis años y esperaba al lado del teléfono anhelando la llamada de Rosita, su primera novia.

Pero Roberto no tenía dieciséis y Laura no era su novia, así que se sentía bastante incómodo con esta ansiedad tan poco justificada.

Cuando esperamos que algo suceda, sin que podamos tener participación en ello, el hecho siempre se demora, y de todas maneras, aunque demorara lo justo, a uno siempre le parece que tarda demasiado. Por eso la semana sin noticias de Laura se le había hecho insoportable.

¿Qué iba a hacer si ella no le escribía más?

Poco a poco Laura iba ocupando en sus pensamientos espacios poco adecuados para una relación inexistente.

Se acostó pensando en la poesía del hombre imaginario de Nicolás Parra.

A las cuatro de la mañana del lunes se despertó agitado, taquicárdico y transpirando. Sin otra razón más que una vaga sensación, creyó recordar que había estado soñando con ella.

Soñando con Laura...

Él había estudiado que se soñaba con imágenes ligadas a los sentidos, que los ciegos de nacimiento sueñan con sonidos y todo eso. ¿Qué sueño se pude tener con una idea de alguien?

¿Cuánto tiempo más voy a esperar?, pensó.

Agarró una hoja en blanco y garabateó:

Veinte veces al día,
7 días por semana,
enciendo la computadora,
espero los programas de inicio,
abro el administrador,
busco los mensajes,
no está el deseado,
hago clic para finalizar,
debo esperar
también para salir,
maldición,
apago la computadora,
me tomo un café,
prendo la tele,
dejo todo
...y comienzo de nuevo.

Roberto agarró una chamarra y salió a la calle, sólo por no quedarse.

—No fue suficiente.

—Era lógico.

—Ella escribiendo y pensando y el otro idiota que no le contesta.

—Hay que ser estúpido... Una mujer de primera te

incluye en su proyecto, se compromete contigo en algo que programaron juntos, la comunicación se corta y tú no das ni noticias. Hay que ser un tarado, muy tarado.

–No se puede ser tan mal educado como para dejar a una mujer esperando una respuesta que nunca le llega... Si no te interesa decirle "no estoy interesado" y termínala...

–Éstos son los tipos que después se quejan de las mujeres que los abandonan...

A medida que caminaba se enojaba más y más con Fredy. En su lugar, él jamás habría actuado así. Se acordó de la remanida frase que solía repetir su mamá: "Dios da pan al que no tiene dientes", y se rio de sí mismo por la vulgaridad de su asociación.

Quizá la manera de cuidar de mi niño interior sea empezar a pensar como mi mamá..., se dijo. Y se volvió a reir, esta vez en voz alta mientras subía por la escalera que llevaba a su departamento.

A dos metros de la puerta escuchó el timbre del teléfono.

"¡Laura!", gritó e intentó apurarse para llegar al aparato antes que atendiera la contestadora.

Después de un rato, y mientras recogía el contenido de su bolsillo desparramado en el umbral, pudo ordenar lógicamente su pensamiento y saber que su subconsciente le jugaba una broma cazabobos.

Cuando finalmente encontró las llaves y abrió la puerta, Cristina terminaba de dejar su mensaje...

–...me duele que no me atiendas así que no volveré a llamar. Quizá en otro momento de nuestras vidas podamos hablar. Chao.

Tuvo por un momento la sensación de que no

era la primera vez que escuchaba esas palabras, exactamente las mismas, aunque de otra boca...

Roberto se encogió de hombros en un gesto para sí mismo y pensó que era mejor así, puesto que él no sabría qué decirle por ahora. Pensó, además, que no debía distraerse; necesitaría toda su energía para soportar el silencio de Laura.

Intentó volver a su idea original de escribirle como "el amigo de Fredy".

Laura:
Fredy está inquieto porque no tiene noticias suyas. Teme que usted se haya enojado por algo. Por favor, escríbale unas líneas para que...

¡Absurdo!

Totalmente desesperanzado, una vez más estableció su conexión con internet.

En la casilla de mensajes desbordaban los reclamos cada vez mas enérgicos de sus clientes.

Roberto hizo una respiración profunda seguida de un ruidoso suspiro. Era hora de portarse como un adulto si no quería perder lo ganado con tanto esfuerzo en los últimos años de trabajo. Con ganas o sin ellas debía volver a la oficina, retomar sus responsabilidades laborales y proteger de paso sus pocos ahorros.

Tomó cuidadosa nota de todos los asuntos que tenía pendientes y de las cinco propuestas de nuevos trabajos.

Sintió que todavía estaba a tiempo.

Tomó doble dosis de las flores de Bach que le había recetado su amiga Adriana y se acostó temprano.

Tuvo un sueño maravilloso y hollywoodense.

Después de un esfuerzo sobrehumano, él, que era una especie de corredor de maratón, llegaba primero a la meta. Una rubia que lo esperaba llorando emocionada corría en su dirección pañuelo en mano, lo abrazaba y lo besaba incansablemente.

Se despertó haciendo esfuerzos por prolongar el sueño un poco más. Trataba de no abrir los ojos para retener esa imagen que ahora tanto lo confortaba: el triunfo, el reconocimiento, Laura...

Y mientras se lavaba los dientes pensaba:

"Voy a tener que trabajar duro."

"Una mujer valiosa no se conforma con un trabajador mediocre.

El sueño es claro: la rubia está al llegar a la meta.

Abrió las dos llaves y se puso la crema de rasurar. Miró a los ojos al santa Claus de barba espumosa que le devolvía el espejo y le dijo aclarando:

—Llegar... ganador.

Terminó de rasurarse silbando y, después de dejar una nota a la señora de la limpieza para que pusiera orden en la casa aunque le tomara más tiempo, se fue para la oficina.

Cuando bajó del taxi, el tipo del quiosco de revistas y el encargado del edificio no pudieron evitar la sonrisa ante el asombro de verlo llegar tan temprano. Casi lo mismo le pasaba a Roberto: no podía evitar la sorpresa ante la sonrisa que sentía dibujada en su cara. Gracias a esa sorpresa o a pesar de ella Roberto trabajó mucho y bien ese día y el siguiente, y también el que siguió a aquél.

El viernes, al regresar a su casa, pensó que hacía

años no tenía una semana de trabajo tan productiva.
Se merecía la tina llena de espuma que se preparó y
el sushi que pidió a domicilio: sashimi de salmón, ni-
guiri de atún y california roll.

El lunes Roberto abrió su computadora buscando
la confirmación de una compra de materiales que había realizado el miércoles.

Se sorprendió al encontrar un mensaje de *carlos-
pol@...* que lo esperaba con un título diferente, se llamaba "Dejar las ilusiones".

Fred:

Hace falta salirse de la ilusión para ver al ser que
tenemos enfrente. Hoy hablamos sobre esto en un
grupo: el dolor de dejar de lado las ilusiones y
aceptar la realidad. Es un momento de crecimiento, cuando dejamos de pelearnos y aceptamos las
cosas como son.

Trabajamos con un muchacho de treinta años
que había roto con una mujer que lo rechazó. Él
hablaba del dolor de perder la ilusión que había
construido con esta mujer.

Es justo decir pérdida de la ilusión, porque
cuando este muchacho se conectaba con lo que en
realidad pasaba con ella, con la manera en que lo
maltrataba y no le daba lo mínimo que él necesitaba, era obvio que no quería seguir la relación. Pero
ella sabía prometerle algo que nunca le daba, y él
está pegado con eso.

El verdadero dolor de él es aceptar cómo se dejó engañar y cómo le habría gustado poder sostener esta ilusión. Pero la realidad se le impuso. Ella

es esto que él ve ahora, no la promesa que le vendía.

El momento de dejar las ilusiones es decisivo para la vida de una persona, cuando decimos: vamos a disfrutar lo que se da, dejemos de llorar por lo imposible.

Es doloroso dejar de lado la pareja ideal, la pasión permanente, pero es la única manera de sostener un vínculo sano.

Todos amamos nuestras ilusiones, no es fácil dejarlas.

Y, sin embargo, al final, sea como fuere, la realidad siempre se impone.

Como solía repetir tu casi tocayo Fritz Perls:

"Una rosa es una rosa que es una rosa que es una rosa..."

La realidad ES y frente a ella las ilusiones se disipan.

Yo entiendo que tus tiempos estén complicados, lo que sucede es que me declaro absolutamente incapaz de seguir sola.

Lo siento.

Laura

El mensaje confirmaba lo que Roberto sabía: no alcanzaba con las excusas que había mandado en el breve mail de la semana anterior.

Laura dejaría de escribir...

¿Serviría de algo un intento más?

Laura:
¡Seguro que puedes escribirlo sola!

Mi colaboración ha sido tan poca que no cambia nada si estoy o no estoy.

No me gustaría sentirme forzado a escribir cuando no fluye de mí.

Me parece que esto no debería frenarte para seguir adelante porque lo que escribes es muy valioso.

Y sobre todo, no dejes de mandarme lo que escribas para que yo pueda seguir aprendiendo de ti.

Un beso,

Fred

Terminó de enviar el mensaje, levantó el resto de la correspondencia y salió para la oficina.

Esa misma noche al encender su computadora encontró la respuesta de Laura.

Fredy:
Recibí tu último mail y lo tomo como lo que es: un enorme halago.

Y, sin embargo... por alguna razón que ignoro sentí al leerlo como si algo hubiera cambiado en ti. Tal vez ya no estés interesado en el libro, tal vez no tengas la energía puesta ahí, tal vez simplemente no te interesa más escribir conmigo...

Acepto el cumplido pero no quiero escribir sin ti y aunque quisiera se me hace muy difícil seguir adelante sin contar con el feed-back de tus palabras que valoro y necesito.

No te fuerzo, sólo renuncio a empujar de este carro alentada por la fantasía de que estamos escribiendo los dos y esperando tus opiniones que nunca llegan, así como renuncio también a llevar adelante sola este proyecto que alguna vez soñamos juntos.

No dejes que esto te inquiete. Será o no cuando sea tiempo.

Otro beso.

Laura

¡Todo estaba perdido!

Aunque supiera que en el fondo ella no podía darse cuenta de su identidad, Roberto se sintió descubierto y se sobresaltó. La frase era realmente inquietante y parecía acabar con el juego: "sentí al leerlo como si algo hubiera cambiado en ti".

¿Y si su estilo era muy diferente al de Fredy?

Quizá él ni la tuteaba...

Quizá las excusas simplemente no entraban en su modalidad.

¿Cómo saberlo?

¿Y ahora?

Roberto se puso de pie y empezó a recorrer el departamento. No podía, no quería, no debía renunciar.

Si bien seguir insistiendo podía producir un efecto contrario, tarde o temprano Laura descubriría el engaño y por supuesto allí llegaría el final del camino.

Trató de serenarse. ¿Qué contestaría un tipo como éste en una situación así?

Era imposible predecir la conducta de un desconocido. De hecho, se dijo, era imposible predecir con exactitud la reacción de nadie.

¡Ésa era la respuesta! Tenía que responder con su opinión, ése era el pedido de Laura a Fredy.

Se sentó frente al teclado con un café y empezó a contestar el mensaje.

Laura:

También a mí me dio la impresión de que algo había cambiado en ti, pero a diferencia tuya, yo no creo que esto cambie nuestro proyecto.

Después de todo, ¿no somos nosotros los que sostenemos que las respuestas predecibles ensombrecen el futuro del vínculo?

¿No decimos siempre que lo cambiante del otro es justamente lo que hace que cada encuentro pueda ser maravilloso?

¿No crees que, entre nosotros dos, lo impredecible de nuestra manera de actuar es lo que hace de esta relación un hecho mágico?

Mágico, sí, mágico!

Me parece que no estoy del todo de acuerdo en eso que decías sobre "dejar las ilusiones". Y lo asocio con la magia porque creo (como dice mi amigo Norbi) que la magia existe.

Existe de verdad cada vez que una ilusión se transforma tangiblemente (y con nuestra colaboración) en realidad.

Creo que estarás de acuerdo en que nos sucede lo mismo que a cualquier pareja: necesitamos de un poco de la magia que solamente nos llegará si somos capaces de sorprendernos al encontrarnos hoy en un lugar diferente del que nos solíamos cruzar hasta ayer, una sorpresa sin miedos, una sorpresa sin parálisis, una sorpresa que despierte más la frescura de la curiosidad que la inseguridad de lo desconocido.

Y creo que estarás de acuerdo si digo que sólo en la medida en que aceptemos la realidad como es seremos capaces de cambiarla.

Volveremos posible nuestra fantasía y por supuesto solo así podremos disfrutar de ese sueño compartido. Sea ese sueño una familia un viaje, una pareja o escribir un libro.

En todo caso, como decía Ambrose Bierce: "Si quieres que tus sueños se hagan realidad... despierta."

Te mando besos mil,

Fredy

La respuesta de Laura le traería la alegría de haber transformado él también una fantasía en realidad: la fantasía de que Laura siguiera escribiendo.

Querido Fredy:
¡Tú me sorprendes! ¡Siempre me sorprendes! ¿Serás el mismo Fredy que yo conocí?

Y más aún: ¿seré yo la misma Laura con quien quisiste escribir un libro?

Seguramente NO.

Y, sin embargo, cuando la magia se hace presente el encuentro sucede. O al revés, cuando el encuentro sucede la magia se hace presente...

Me encanta la magia.

La magia del encuentro. Qué increíble.

Me siento frente a la computadora y leer tus comentarios me ayuda a sentirme mejor, poder seguir con el proyecto y no tener que deshacerme de mi sueño hace el abracadabra de mis ganas de volver a escribir.

Me gusta la palabra magia, es mágica.

Desde que llegué al consultorio esperaba tener una hora libre, necesitaba volver a escribir.

Hay algo que dices que me parece muy cierto: lo que nos pasa es mágico, yo siento que la energía con la que me engancho en escribir me sale de las tripas, no hay mejor ejemplo. Siempre pensé que aunque la letra sea igual, suena distinta si a uno le sale del alma.

Ordenémonos un poco.

No sólo no hay parejas sin conflictos, sino que son los conflictos lo que hacen atractivo estar con otro, y más que los conflictos, las diferencias (que son justamente las que generan el conflicto).

Me enoja a veces lo condescendiente que es Carlos con todo el mundo, pero también pienso que si no fuera así conmigo las cosas no habrían andado. Él es así conmigo y con todos, sería absurdo pedirle que sea así conmigo y no con los demás, porque él es así.

Creo que es posible aprender de las dificultades, es una manera de estar en el mundo, observar qué ocurre y cómo atravieso la situación.

Digo que es una manera de estar en el mundo porque es muy distinto tener un plan prefijado que dejar que la vida siga fluyendo. La vida no es cumplir determinadas metas prefijadas, sería muy aburrido. Es diferente si nos planteamos a ver qué ocurre y cómo movernos con lo que se va dando.

Muchas angustias, depresiones, se generan por

esto, por tener una idea de a dónde quiero ir, y cuando mi plan no se cumple me frustro. Cuando no actúas de acuerdo con mis expectativas, no te quiero. Y no es así. La vida es más vivible si nos ponemos en la actitud del surfista, descubrir el camino de acuerdo a las piedras que se interpongan, las olas marcan el camino y no mi idea de a dónde tengo que llegar.

Qué relajante llegar a este punto: esto es lo que puedo, esto es lo bueno para mí. No hay un modelo de vida; lo que a mí me encanta a ti no te gusta, y está todo bien, ¿por qué tengo que convencerte de que mirar el río es más divertido que entrar en internet? Tú quédate con la computadora y yo me voy a patinar al río, nos vemos luego.

Tardé años en aceptar que Carlos no disfrutaba el río como yo lo hago. La mayoría de la gente se pelea porque quiere convencer al otro de que su postura es la correcta. Entonces partamos de la base de que no hay una postura correcta.

Creo que la gente necesita ser convalidada por el otro para afirmarse en lo que piensa o siente. Sería maravilloso poder decir: esto para mí es bueno, aunque a todo el mundo le guste otra cosa, y poder respetárselo. No necesitar la autorización del otro, aceptar la diferencia.

No hay una manera de vivir, cada uno se arma su circo como puede. Cada pareja tiene que armar su propio circo.

Y la vida se va dando cuando uno se abre así. Es maravilloso todo lo que pasa cuando nos lanzamos a la aventura de vivir. El camino del héroe. Los conflictos se convierten en algo interesante, en una aventura hacia el descubrimiento de uno mismo.

¿No te parece aburrido saber todo lo que quieres que te pase? Es igual a estar solo, no tiene magia.

Como dice mi amigo Luis Halfen: Podemos vivir la vida como si fuéramos un chofer de metro, sabiendo exactamente a dónde vamos y cómo es la ruta, o como un surfista: siguiendo la ola.

Te propongo que sigamos las olas. Nos vamos a divertir, y de eso se trata también.

¿Ves? Tus e-mails me inspiran para seguir escribiendo.

Besos.

Laura

Roberto terminó de leer y sintió la misma urgencia que Laura decía que la empujaba a escribir.

Increíblemente sin pensar si era él o Fredy el que escribía, escribió de un tirón este mail y lo envió:

Hola Laura

Recibí tu e-mail.

¡Cómo me gustó esa imagen del surfista y del chofer de metro!

Me parece una idea poderosa. De hecho la vida ES un delicado equilibrio impredecible.

No sólo hay que dejarse llevar por la ola, sino que también es cierto que no todas las olas sirven para surfear.

La metáfora se ajusta a todo lo que pensamos:

Para hacer surf tienes que estar dispuesto a lo que no puedes prever (nadie sabe cómo vendrá la ola). Todo es una mezcla de arte y entrenamiento, nadie nace sabiendo hacerlo y, además, es imprescindible estar dispuesto a correr el riesgo de uno que otro chapuzón y de algunas caídas que nos dejarán llenos de moretones y de experiencias para la próxima ola.

Es verdad, no alcanza con los sueños, no alcanza con la fantasía, no alcanza con las ilusiones, no alcanza con el deseo y los proyectos... Y, sin embargo, sin ellos no hay camino.

Te mando algunas ideas sobre las que estuve trabajando.

Yo creo que todas nuestras acciones coherentes empiezan en un sueño, eso que vulgarmente llamamos fantasía, y que se expresa diciendo:

Qué lindo sería...
Qué espectacular debe ser...
Sería maravilloso...

Si nos adueñamos de esa fantasía y nos la probamos como si fuera una camisa, entonces la fantasía se transforma en una ilusión:

Cómo me gustaría...
Me encantaría que...
Sería maravilloso que yo pudiera algún día...

Si dejo que esa ilusión anide en mí, si la riego y la dejo crecer, un día la ilusión se vuelve deseo:

105

Quisiera estar en...
Lo que más deseo es...
Verdaderamente quiero...

Llegado este punto, quizá suceda que sea capaz de imaginarme a mí mismo llevando a cabo ese deseo, haciéndolo realidad. En ese momento el deseo se vuelve proyecto:

Voy a hacerlo...
En algún momento...
Pronto yo...

De aquí en adelante sólo me resta elaborar mi plan, la táctica o la estrategia que me permitirán ser un fantástico mago que materialice la realización de mi sueño.

Fíjate que hasta aquí no moví un dedo, todo mi accionar es interno y, sin embargo, cuánto ha pasado en mi interior desde que sólo fantaseaba.

Me dirás que no es suficiente.

Es verdad, muchas veces no es suficiente.

Hace falta actuar lo planificado y corregir los errores.

Hace falta ponerse la malla, tomar la tabla de proyectos, entrar a la vida y esperar atentamente la ola de la realidad para subirse a ella y surfear hasta la mágica playa de la satisfacción.

Besos

Fredy

Roberto volvió sobre lo escrito.

Se sentía pleno.

Aunque todo no fuera más que un juego efímero, este juego lo había estimulado a estudiar, leer y pensar como pocas veces antes. Él no sabía que guardaba en sí esta capacidad de poner en palabras sus pensamientos.

Si el amor conectaba con los aspectos más sabios e iluminados de cada uno, Roberto debía estar indudablemente enamorado.

Libro segundo
trebor@

Capítulo 7

Roberto se levantó satisfecho, sentía la convicción de que había conseguido por el momento dar vuelta a la decisión de Laura. Le gustaba pensar que estaba salvando un libro para el futuro, aunque eso significara ayudar a Fredy, ese estúpido que sin saberlo le debía la continuidad de su participación en ese trabajo.

En la oficina todo iba sobre ruedas. Esa mañana terminó de diagramar la publicidad institucional para una empresa de administración de fondos de pensión. Inundado su pensamiento por los mails de ida y de vuelta del día anterior, planteó la campaña sobre la idea de aceptar el paso del tiempo. Basó la propuesta en abandonar la ilusión de la juventud eterna y en volver realidad el sueño de una vejez protegida y segura.

A última hora de la tarde, de regreso a su casa, todavía resonaban en sus oídos los espontáneos aplausos y felicitaciones que había recibido en la reunión con el directorio, donde expuso el anteproyecto publicitario.

"Algo más para agradecerle a Laura", pensó.

Llegó apurado para releer los mensajes. Tenía la sensación de haberlos pasado demasiado rápido.

Roberto siempre había odiado esas promociones para turistas que ofrecían visitar doce ciudades en diez días. Desde su primer viaje, él siempre sentía ganas de quedarse por un tiempo en el lugar donde aterrizaba, necesitaba "volver a pasar" por un lugar para poder registrarlo en su retina, en su oído, en sus pies, en su mente. La misma sensación tenía con las palabras de Laura; no le alcanzaba con leer una vez sus mensajes, necesitaba volver y extraer de allí lo que le parecía más importante o más impactante, o simplemente lo que le llegaba más.

"Salirse de la ilusión para ver al ser que tenemos enfrente."

"Duele dejar de lado las ilusiones y aceptar la realidad."

"La realidad ES y frente a ella las ilusiones se disipan."

"Renuncio a llevar adelante sola un proyecto que soñamos juntos."

"Será o no cuando sea tiempo."

"Es posible aprender de las dificultades."

"La vida no es cumplir determinadas metas prefijadas, sería muy aburrido."

"Partamos de la base de que no hay una postura correcta."

Se quedó pensando en dos metáforas que le encantaron: la de vivir como un surfista o como un chofer de metro, y la de que cada uno se arma su circo como puede. Luego se detuvo en el pequeño relato del consultorio.

"Trabajamos con un muchacho de treinta años que había roto con una mujer que lo rechazó."

"Él hablaba del dolor de perder la ilusión que había construido con esta mujer."

Desde muchos lugares internos se sentía identificado con este paciente del grupo. También él rompía sus relaciones cada vez que sentía que su pareja lo rechazaba, también él había sentido cientos de veces el dolor de perder las ilusiones depositadas en un vínculo.

Pero había algo en la última frase que no le cuadraba del todo...

"El verdadero dolor de él es aceptar cómo se dejó engañar."

¿Era ése el verdadero dolor en los vínculos, aceptar la realidad de que nos dejamos engañar?

¿Él se había dejado engañar? ¿Existe esa construcción: "dejarse" engañar? En todo caso ¿cuál era el engaño de las mujeres con las que había intimado?, ¿que no se mantuvieran siendo como él las había imaginado, deseado, soñado o necesitado?

Como Laura decía: una vez que pasa el enamoramiento no hay más remedio que enfrentarse con la realidad del ser del otro.

Era duro. Tenía que pensar en esto. Amor, vínculo, ilusión, decepción, engaño...

Y por fin se detuvo en aquella frase:

"...se me hace muy difícil seguir adelante sin contar con el feed-back de tus palabras."

Era evidente que Laura no se conformaría con seguir escribiendo sola, ella reclamaba con todo derecho la colaboración de Fredy.

Sobre psicología de parejas Roberto no sabía más que el producto de su muchas veces dolorosa experiencia y de su tiempo de terapia. Recordaba además algunos conceptos sobre psicología de la conducta dados en las materias de su carrera de mercadotecnia y otras tantas nociones que le habían quedado a partir de lecturas que hizo empujado tan sólo por la curiosidad. Se dio cuenta de que tales "conocimientos" no iban a alcanzar para sostener conversaciones electrónicas con Laura sobre el tema de parejas.

Miró la hora, faltaban quince minutos para las ocho. Si se apuraba llegaría a la librería grande del centro.

Dio una mirada a los mails anteriores buscando algunos nombres de autores y apuntó tres en una hoja:

WELWOOD

BRADSHAW

PERLS

A las diez estaba de vuelta en casa; traía en una bolsa una decena de libros:

El viaje del corazón (el único que había podido conseguir de Welwood).

Nuestro niño interior, de John Bradshaw.

Dentro y fuera del bote de basura, de Fritz Perls.

Hacer el amor, de Eric Berne.

Palabras a mi pareja, de Hugh Prather.

El amor inteligente, de Enrique Rojas.

Sonia, te envío mis cuaderos café, de Adriana Schnake.

Te quiero, pero..., de Mauricio Abadi.

Vivir, amar y aprender, de Leo Buscaglia.

El amor a los cuarenta, de Sergio Sinay.

Tiró el abrigo sobre el sillón y se sentó en la mesa para examinar la compra. Había estado bastante medido, diez libros era una cantidad razonable dados sus antecedentes.

Desde la época en que se fascinaba leyendo filosofía política no había vuelto a tener uno de estos ataques de comprador compulsivo de libros. Sin embargo, en la librería había sentido aquella sensación que durante siete años lo invadió en cada librería que entraba: el interés, la curiosidad insaciable, la fascinación frente a cada libro. Éste por el título, este otro por la tapa, aquél por el autor y éste más aquí porque al hojearlo parecía interesante.

Mientras los miraba apilados en la mesa, vírgenes de lectura, tenía la sensación de ser un pirata de cuentos contemplando embelesado el tesoro desenterrado.

Antes de abrir el libro de Welwood, se tomó todavía unos minutos para honrar el momento. Luego respiró profundo y leyó:

Nunca como ahora las relaciones íntimas nos habían llamado a enfrentarnos a nosotros mismos y a los demás con tanta sinceridad y conciencia. Hoy, mantener una conexión viva con una pareja íntima nos pone frente al desafío de liberarnos de viejos hábitos y puntos débiles, y desarrollar todo nuestro poder, sensibilidad y profundidad como seres humanos.

En el pasado, quien deseaba explorar los misterios más profundos de la vida se recluía en un monasterio o llevaba una vida ermitaña; en la actualidad, las relaciones íntimas se han convertido, para muchos de nosotros, en la nueva tierra indómita que nos coloca cara a cara con todos nuestros dioses y demonios.

Como ya no podemos contar con las relaciones personales como fuentes predecibles de comodidad y seguridad, ellas nos sitúan ante una nueva encrucijada, en la que debemos hacer una elección crucial.

Podemos luchar para aferrarnos a fantasías y fórmulas viejas y obsoletas, aunque no se correspondan con la realidad ni nos conduzcan a ningún lugar o, por el contrario, podemos aprender a tomar las dificultades en nuestras relaciones como oportunidades para despertar y sacar a la luz nuestras mejores cualidades humanas: el darse cuenta, la compasión, el humor, la sabiduría y la valerosa dedicación a la verdad. Si elegimos esto último, la relación se convierte en un camino capaz de profundizar nuestra conexión con nosotros mismos y con las personas que amamos, y de expandir nuestro sentido de lo que SOMOS.

¡Fantástico!
Abrió en otro lugar al azar, era la página 132.

Todos los que emprendemos este viaje tenemos que aprender algo nuevo: cómo permitir que el compromiso evolucione de modo natural, con muchos vaivenes, avances y retrocesos.

Por tanto, la incertidumbre con respecto a nuestra capacidad de enfrentar todos los desafíos que se presenten no es un problema, es parte del camino mismo.

En este aspecto, me alentaron las palabras de Chogyam Trungpa, un maestro tibetano al que una vez le preguntaron cómo había logrado escapar de la invasión china arrastrándose por las nieves del Himalaya, con escasa preparación y provisiones, sin certeza sobre la ruta ni sobre el resultado de su huida. Su respuesta fue breve: "Puse un pie después del otro".

El libro prometía ser revelador.

Con la mitad de su atención en lo que hacía y la otra mitad en la lectura, puso en el microondas unas porciones de pizza que sacó del congelador, abrió una lata de cerveza, fue hasta el escritorio y sacó un block blanco rayado del último cajón y un lápiz 2B, que guardaba en el cajón del medio, para tomar apuntes rápidos.

A medida que leía se complacía de lo que le estaba pasando. Hacía mucho que no se interesaba tanto en una lectura.

¿Era el tema?

¿Lo interesante del libro?

¿Lo sorpresivo de la situación?

¿Sus fantasías con Laura?

¿Una combinación de todo eso?...

No pudo parar de leer *El viaje del corazón* hasta el final, cuando Welwood termina diciendo:

Cuanto más profundo sea el amor que une a dos personas, mayor será su interés por el mundo que habitan. Sentirán su conexión con la tierra y estarán dedicados a cuidar del planeta y de todos los seres sensibles que requieran de su ayuda.

Alguna vez, allá y entonces, había coqueteado con la idea de estudiar psicología. Desde otro lugar aparecía nuevamente la fantasía, pero ahora cargada por Welwood del deseo de ser útil a otros, un sentimiento que Roberto no pudo evitar registrar rápidamente como extraño en él.

La semana fue literaria. A Welwood lo siguió Berne y luego Perls y Buscaglia. Después Schnake (sorprendente), Abadi y Prather (de quienes ya había leído algo hacía algunos años). Siguieron Sinay y luego Rojas (de lejos, el que menos lo conquistó). Y por último Bradshaw, al que había ido postergando intuitivamente. Le costó leerlo (¡era autoayuda tan "a la americana"!) pero lo que Bradshaw mostraba era tan irresistible que Roberto decidió acompañarlo en su desarrollo.

Cuando llegó a la propuesta del autor de escribir un cuento que reflejara como un mito su historia infantil, se sentó en su computadora y de un tirón escribió:

Había una vez en un reino muy lejano un pequeño príncipe que se llamaba Egroj.

El príncipe había sido concebido en un momento muy difícil de la vida de sus padres. Apenas nació el primogénito, el rey debió salir a la batalla para defender el bienestar del pueblo amenazado por los reinos enemigos y por años todo lo que el príncipe supo de él eran algunos breves mensajes que los correos traían o que su madre le transmitía.

Por supuesto, como el rey no estaba, la reina tenía que hacerse cargo de los asuntos de gobierno y tampoco tenía tiempo para jugar con el príncipe.

A pesar de que Egroj tenía los juguetes más caros y sofisticados sufría porque no tenía con quién compartir sus juegos.

El príncipe creció así, solitario y silencioso. Pasaba gran parte de su día mirando por la ventana.

Centraba siempre su mirada en el punto donde el camino al palacio desaparecía detrás de la arboleda. Imaginaba que veía salir de entre los árboles las banderas y estandartes reales. El pueblo entusiasmado salía al encuentro del ejército real y festejaba el regreso triunfal de sus hijos más queridos.

Se imaginaba a sí mismo saludando al rey desde su ventana y aplaudiendo con fervor el fin de las guerras, un hecho que le devolvería un padre y una madre.

Todas las tardes, cuando el sol caía, Egroj arrastraba en sus mejillas algunas lágrimas que llevaba hasta su lecho y secaba cada noche con su almohada.

Y al final, cuando Bradshaw propone ponerle un final al mito, Roberto agregó:

El tiempo pasó hasta que un día la reina abdicó.

El príncipe no tuvo más remedio que sentarse en el trono de su padre y reinar.

Gobernó con justicia y bondad durante el resto de su vida.

Nunca abandonó su hábito de mirar por la ventana hacia la arboleda.

Su reinado fue recordado por la obsesión manifiesta del rey en construir permanentemente más y más puentes y caminos.

Eso era lo que siempre había hecho: intentar construir más y más caminos, más y más puentes, más y más rutas para que el afecto incondicional que buscaba llegara por fin a su corazón. Él tampoco había perdido nunca el hábito de mirar esperanzadamente al horizonte, por si acaso.

De algún modo, la relación con Laura era un nuevo puente. Esta vez, un puente sobre la realidad, un puente cibernético, un puente virtual, un puente a Laura.

Se dio cuenta de que durante toda la semana, entre trabajo y lectura, no había tenido un minuto para leer los mensajes.

Guardó el cuento como "Egroj" y abrió una página nueva en el procesador de texto.

> Querida Laura:
> Motivado por ti estuve leyendo otra vez a Bradshaw, y animado por sus propuestas le pedí a un paciente mío que hiciera el trabajo de transformar en un mito la historia de su infancia. El resultado de ese trabajo es este texto que me trajo y que ahora te mando. Después cuéntame qué te pareció.
> Besos,
> Fredy

Ahora sí abrió el administrador de su casilla de correo. Cortó el mensaje en el procesador y lo pegó en la ventana que se había abierto al pulsar *Redactar nuevo mensaje*. Después apretó el botón *Insertar* y seleccionó *Archivo*. Buscó el "Egroj" e incluyó el texto con *Aplicar*. Inmediatamente apretó *Enviar* y *Recibir* y la pantalla tintineó mientras le avisaba que estaba enviando el mensaje. Cuando la operación finalizó, la computadora desplegó un aviso:

Hola rofrago, tiene cuatro (4) mensajes nuevos

Buscó el de Laura con el puntero e hizo doble clic sobre "Aceptar las necesidades".

Fredy:

El desencuentro entre nosotros me dejó pensando. Me cuesta tanto a veces darme cuenta de lo que verdaderamente necesito...

Y lo peor es que la experiencia me confirma una y otra vez que cuando consigo contactarme conmigo y transformo una necesidad en una acción, búsqueda, pedido o lo que sea, el resultado suele ser satisfactorio.

Y entonces ¿para qué? ¿Qué sentido tiene este odioso juego de las escondidas?

Quizá deberíamos dedicar un tramo del libro a explicar cómo se genera esta falta de contacto con las propias necesidades.

Me gusta la explicación que usaste en ese caso que mostraste en Cleveland:

Si de niños nos damos cuenta de que a nuestros padres no les gusta que pidamos más afecto, más contención o más presencia, probablemente aprendamos a esconder nuestras necesidades. Esto no es un cargo a los padres, quizá ellos no tengan cómo darnos lo que necesitamos, simplemente porque no lo tienen ni para ellos mismos.

Pero de todas maneras seguramente allí comenzaremos a tratar de no sentir nuestras necesidades como estrategia para aliviar el dolor de la frustración.

121

Practicaremos durante años ese plan de supervivencia: intentar no registrar nuestras necesidades. Y quizá un día hasta nos identifiquemos con esta manera de ser.

Entonces ya no es una estrategia, pasa a ser nuestra personalidad:

Yo no necesito nada, yo me arreglo solo. Nos quedaremos fijados en este planteamiento y olvidaremos lo que realmente somos, lo que nos genera verdadera alegría, paz, gozo.

En ese momento seguramente aparezca aquello que Erich Fromm dice en su libro *Tener o ser*: Creer que un nuevo coche, una casa más cara, el último desodorante o una cuenta con suficiente dinero nos va a hacer felices.

La sociedad de consumo ayuda a vendernos la idea de que tener es la puerta; comprar, gastar y cambiar son las llaves.

Cuando estos conceptos estén configurados en nuestro sistema de creencias será fácil manipular nuestra conducta con ellos.

Por supuesto que ni bien obtenemos lo deseado nos damos cuenta de que no era suficiente con tener "eso", pero rápidamente la publicidad nos sugiere otra cosa para que sigamos intentándolo por el camino equivocado.

Debería llegar el día en el que podamos parar y comprender que no es por allí. El momento de buscar adentro, de volver a escucharnos.

Pero no es tan fácil.

Hemos olvidado cómo hacerlo y muchas veces tendremos que pedir que alguien nos ayude a volver a saber quiénes somos, que nos incite a recuperar la sabiduría que teníamos de niños cuando podíamos reir y jugar sin interrumpirnos.

Yo creo que ésa es, en el fondo, nuestra verdadera propuesta, un estímulo para que todos trabajen en el desafío de recuperarse a sí mismos. Un camino para permitir que el ser se manifieste y encuentre en la relación con otro el lugar para expresarse.

Aprender al lado del amado a escucharnos, a tenernos en cuenta, a mirarnos como nuestros padres no supieron hacerlo.

Por supuesto que es muy doloroso necesitar y no obtener lo que se necesita, y éste es el principal problema.

Nadie quiere sentir el dolor de necesitar algo y no tenerlo. Pero ese dolor es la única salida para poder encontrar mis verdaderas necesidades, y sólo si las encuentro podré después (¡después!) satisfacerlas. Porque si nos resistimos a sentirnos vulnerables, cada vez nos endurecemos más y nos alejamos de la posibilidad de dejarnos sentir lo que necesitamos.

Y encima por este camino cerramos también nuestra capacidad de recibir.

Hay que tener en cuenta que probablemente esta estrategia de no sentir nos haya servido durante la infancia. Quizá haya sido más que inteligente no sentir una necesidad que en realidad no podíamos satisfacer.

Pero de grandes podemos darnos nosotros mismos lo que necesitamos, o buscar las personas adecuadas a quienes pedírselo.

Ya no dependemos de nuestros padres.

Me encantó la frase con la que terminaste alguna vez uno de tus mails:

"Somos vulnerables pero no frágiles."

Muchos somos los que no nos damos cuenta de esto.

No hay intimidad con estrategias, con ellas no vamos a sentir; cumpliremos con nuestras metas, o sentiremos el placer de dominar al otro, o de conquistarlo, o lograremos que otro nos mire; pero eso no tiene nada que ver con el verdadero encuentro, con la intimidad, con el amor.

La idea es darnos en nuestra relación el espacio para el dolor y la confusión que aparecen cuando desarmamos nuestra estrategia antifrustración. Éste es el camino a casa. El camino del encuentro con otro ser humano. El camino del amor. ¿Estarás de acuerdo?

Laura

¿Cómo no estar de acuerdo?

Laura hablaba con su lenguaje, con sus ideas, casi casi con sus sentimientos. Ella ponía en palabras lo que a él le habría gustado aprender a decir.

El sabía cuáles eran sus necesidades. Necesitaba encontrar una persona que fuera capaz de construir con él el camino de regreso a casa.

¿No era increíble que ella le estuviera mandando un mensaje que terminaba con esa propuesta, cuando él acababa de mandarle un cuento de un príncipe que construía caminos para ver llegar por ellos a los que amaba?

Capítulo 8

Al releer aquellos primeros mensajes recibidos meses atrás, volvió a sentir rabia por no haber guardado también los anteriores cuando llegaron a su casillero. Allí debía estar la información que necesitaba para saber cómo se había generado la idea de escribirse y poder seguir con el juego de ser Fredy con menos riesgos.

Pensó que podría pedirle a Laura copia de todo eso. Al parecer, Fredy era bastante despistado, y le cabría perfectamente la posibilidad de haber extraviado los mails anteriores. Era más que razonable entonces pedírselos a Laura, que con toda seguridad los tendría archivados.

Lauri:
Respecto del mail que me mandaste ¿quién podría no estar de acuerdo?

Me encanta la descripción que quedó de la conducta defensiva neurótica, escondiendo necesidades y emociones.

La leía y pensaba que si yo jamás hubiera sabido nada de parejas ni de terapias, de todas maneras disfrutaría de esta claridad de ideas.

De hecho estuve revisando los mails para regodearme con lo que ya llevamos armado, y me dio una rabia bárbara encontrarme con que por accidente parece que se me perdieron los primeros correos que intercambiamos.

¿Podrías mandarme copia de aquellos mails de entonces? Me encantaría tenerlos a mano (prometo no perderlos otra vez).

De paso te consulto esto:

Tengo una carta de una colega de España, dice que nos escuchó en Cleveland y me escribe porque quiere que le recomiende bibliografía sobre parejas. Dice haber leído *El viaje del corazón* de Welwood y todo lo editado en castellano e inglés de Perls y de Bradshaw ¿Qué otros libros le recomendarías?

Me sigue pareciendo que nuestro libro va a ser fantástico.

Contéstame pronto.

Te mando un beso grande.

Fred

PD: ¿Qué te pareció el trabajo del mito infantil de mi paciente?

Roberto siguió leyendo los libros y relacionando lo que aprendía con los mails anteriores.

No tuvo respuesta durante toda la semana, pero extrañamente no se inquietó.

El domingo por la tarde le llegó un larguísimo mensaje de 140 KB que se llamaba "Historia antigua".

126

Fredy:
Con la excusa de mandarte copia de nuestra primera comunicación, aproveché para volver a leer lo que nos escribíamos hace catorce meses (¿te diste cuenta de que ya pasó más de un año?)

¡Disfruté tanto! A ratos todo era tan ingenuo que me costaba creer que éramos tú y yo los que nos escribíamos. De hecho, todavía me llamabas licenciada Laura Jorsyl.

El primero me lo mandaste desde el avión que te traía a Buenos Aires apenas nos separamos en Estados Unidos.

Tú volvías en el mismo vuelo con nuestro amigo Eduardo y yo viajaba a Nueva York, ¿te acuerdas?

Licenciada Laura Jorsyl:
¡Qué bueno fue el encuentro en el congreso! La idea de seguir trabajando y escribiendo juntos me dejó sin poder conciliar el sueño hasta las tres de la mañana.

Tú sabes, o yo espero que lo sepas, cuánto yo valoro tu trabajo y tus conocimientos.

Cuando me dijiste que tú también venías pensando en escribir un libro de parejas sentí que se me paraban los pelos de la nuca.

Escribo esto y no puedo dejar de pensar en que de alguna manera nuestra relación reproduce la historia y las dificultades de cualquier pareja.

Quizá constituir una pareja terapéutica no es más que un matiz de lo que significa constituir, o como lo dijimos en el trabajo, construir, cualquier pareja.

Al principio algo de todo aquello que tenemos en común me atrae y me deleito pensando en compartir lo que ambos tenemos. Sin embargo, como los dos sabemos, pronto aparecerán las diferencias.

En las parejas esto transforma aquella sintonía en atracción enamoradiza o en repulsión.

¿Cómo será entre nosotros? ¿Qué pasará cuando nuestras diferencias comiencen a aparecer? ¿Seremos capaces de transformar estas diferencias en el pasaporte que abra la puerta de tu crecimiento y del mío?

No lo sé. Por ahora, Laura, me atrae tanto la idea de trabajar y de escribir juntos, que me propongo quedarme enamorado de la idea, enamorado del proyecto, enamorado de la fantasía sobre lo que todo este encuentro puede potenciar en mi propia vida personal y profesional.

El avión está a punto de despegar y acaba de decir el comandante que los aparatos electrónicos deben ser apagados antes de despegar.

Te mando besos y mi enorme gratitud por haberme invitado a presentarme contigo en Cleveland.

Fredy

Te contesté apenas recibí tu mensaje.

Querido Fredy:
¡Me siento tan llena de todo lo que pasó en el congreso!

Me encantó que vinieras.

La presentación de nuestro trabajo fue como una danza, salías tú a responder o salía yo sin haberlo planeado, la cosa fluía más allá de una decisión consciente.

A veces me asusta que seamos tan diferentes, pero cuando nos ponemos a trabajar nos armonizamos increíblemente.

Yo estoy entusiasmadísima con el proyecto del libro.

Lo siento como una gran aventura que puede transformarnos a ambos y quizá también a nuestros lectores.

Yo también me apasiono con la idea, imagínate que estoy acá en Nueva York y me dieron más ganas de quedarme en el hotel a contestar tu mail que de salir a pasear.

Tengo una habitación con una vista al Hudson espectacular, me podría quedar todo el día en silencio, escribiendo y mirando el agua.

Cuando dices que estás enamorado de la idea, siento que se me abre el pecho y me lleno de entusiasmo.

Es verdad lo que me dijiste alguna vez, que las palabras son transformadoras. Lo siento leyendo tu mail, y por eso quería escribirte ahora para darte lo que estoy sintiendo.

Sabemos que el enamoramiento dura poco, como les decimos habitualmente a las parejas que tratamos, después van a venir las dificultades, pero estoy dispuesta a atravesarlas. Cada vez que nos enrollamos, encontramos la manera de salir, quizá eso deberíamos contarles a nuestros lectores.

Nos pasan las mismas cosas que ocurren en las parejas.

Y es muy doloroso cuando no podemos entendernos, pero después de transitarlo, la relación es más sólida y los dos crecemos.

Ya me engancho en los problemas, pero así funcionamos siempre, tú pones la parte más simpática y atractiva y yo me voy a lo difícil, al conflicto. Pero está bien, es la manera como nos complementamos.

Siempre es igual, por eso me encanta que hagamos cosas juntos, tú dices las mismas cosas de una manera divertida y la gente lo entiende mejor.

Pero me parece importante hablar de cómo a veces nos potenciamos negativamente y podemos salir. Sobre todo ahora que estamos en un buen momento.

Mi lado neurótico en el asunto es que quiero todo ya, me pongo ansiosa y te persigo, tú entonces tomas distancia y eso me pone peor, más quiero y tú más distancia pones.

Cuando me doy cuenta y me alejo tú buscas el contacto, yo me aflojo, y entonces tú te acercas más y yo me aflojo más y todo fluye de nuevo.

Volviendo al congreso, no me imaginé que nos darían tanto lugar.

Cuando te pidieron que cerraras el congreso con el relato que habías hecho en nuestra presentación, no lo podía creer. Y cuando te vi allí parado frente a las quinientas personas de todo el mundo aplaudiéndote emocionadas después de contar tu cuento en inglés, me corrió frío por la espalda. Este tipo no puede ser, pensé...

Besos.

Laura

El siguiente me llegó poco antes de volver a Argentina.

¡Qué envidia Jorsyl!

Yo ya estoy en Buenos Aires y hace un frío de junio, me encantaría haberme quedado unos días más descansando en Estados Unidos, pero bueno, ya sabes, los pacientes demandan.

El martes apenas llegué, Joaquín, mi primer paciente, me reprochó haberme ido por una semana en esta época del año... Él también me envidiaba.

Nunca hablamos de esto, ¿no crees que la envidia también genera roces en la pareja?

Pensaba escribirte "...en algún momento te contaré", pero qué mejor momento para las cosas que el momento en el que suceden.

Para mí no existe esa tontería de la envidia "buena" y la envidia "mala".

Así te envidio: me encantaría estar yo también en Nueva York y me encantaría además que tú pudieras quedarte todo el tiempo que tuvieras ganas.

Disfruta mucho, no te cuides.

No te olvides que somos vulnerables pero no necesariamente frágiles. Besos,

Fredy

Te contesté enseguida.

Querido Fredy:
Estoy acá en el aeropuerto a punto de tomar el avión para Buenos Aires.

Estoy con ganas de volver.

131

Me hizo muy bien este viaje, yo necesito cada tanto retirarme de mi vida, de mi familia, de mis pacientes y vuelvo con muchas ganas.

Estaba pensando en este concepto de los diferentes momentos del contacto que planteaban Bob y Rita Resnick. Lo importante que es respetarnos esta necesidad de contacto y retirada para volver a rencontrarnos. Esto que ella planteó sobre la etimología de la palabra relationship (que quiere decir relación en castellano) que es la habilidad de encontrarse de nuevo.

Para mi relación con Carlos es muy importante, nos extrañamos y nos encontramos desde otro lugar. Yo llego llena de cosas nuevas y esto retroalimenta la relación.

Al principio de nuestro matrimonio, a mí me costaban mucho sus viajes, él suele irse tres o cuatro veces al año por su trabajo. Pero ahora los tomo como una oportunidad para tomar distancia y volver a encontrarnos.

Una vez más asocio este aprendizaje con mi madre. En cierto modo ella fue la primera que me enseñó esto (como tantas otras cosas). Uno puede separarse por un momento sin dejar de amarse con todo el corazón. Me parece importante incorporar esto.

A veces las parejas no se dan ese permiso de separarse por miedo al aislamiento o a sentirse solos.

Yo creo que es parte de la relación. Sentirme por una semana una mujer sola en el mundo, me devuelve el contacto conmigo misma.

Acá no soy una mamá o una esposa o una psicóloga, soy sólo yo en el mundo, con mi tiempo para mí, y es un encuentro conmigo misma que me renueva, me hace sentir más viva que nunca.

Por momentos no es fácil, de repente ayer caminando por el Museo de Arte sentí ganas de compartirlo con Carlos, pero es un desafío interesante.

A la noche salí a comer con un amigo estadunidense que conocí el año pasado en el workshop de Welwood, pero me porté muy bien a pesar de tu deseo.

Es hora de subir al avión, nos vemos en Buenos Aires. Ah... No me llames más licenciada Jorsyl, suena demasiado profesional. Prefiero ser Laura, Lau o L, como soy para todos. Besos,

Laura

Laura:

Supongo que en este momento estás volando hacia Buenos Aires.

Cierro los ojos y te imagino sentada en una butaca de clase ejecutiva, dormitando (¿por qué en clase ejecutiva?... Debe ser porque creo que eres una mujer con "clase"...).

Yo también estoy muy orgulloso de lo que pasó en el congreso y tu idea de compararlo con una danza me deleita.

Si estiro un poco la frase encuentro que todas las relaciones interpersonales deben serlo. Claro, hay danzas y danzas.

Algunas armónicas, estéticas y sincronizadas; otras extrañas, incomprensibles para cualquiera que no sea uno de los bailarines. Muchas comunes y estereotipadas, casi siempre aburridas y rutinarias; unas pocas originales, creativas e irreproducibles.

Algunas, diagramadas para satisfacer al auditorio, otras para placer de los participantes, las menos para el deleite de todos.

Muchas atadas rígidamente a la coreografía que impone el momento, las costumbres, la cultura; y otras, por fin, verdaderas improvisaciones expresivas que transmiten la vibración de los que danzan al ser impactados por cada acorde y dejándose fluir por el movimiento que brota desde su interior.

Sí. Cada pareja es una danza.

Vamos, Laura, hagamos de este encuentro una sociedad, una dupla, una máquina, un sistema, una yunta, un equipo, una pareja. Animémonos a mostrar desde nosotros las cosas que le pasan a cualquier pareja, ya sea una pareja amorosa, un par de amigos, dos hermanos o dos cualesquiera —tú y yo— que son capaces de elegirse, sin necesitarse, por el solo placer de hacer algo con ese otro, con esa otra, y potenciar desde ahí lo mejor de cada uno...

Me encantaría que nosotros pudiéramos contar con tu lucidez, con tu consecuencia, con tu experiencia, con tu dedicación, con el aprendizaje vivencial que han dejado en ti las cosas que viviste. Si es cierto que yo puedo aportar lo que tú dices de mí, entonces, un libro que escribamos sobre parejas podría ser útil y trascendente.

Pienso que el tema a decidir sería la forma de hacerlo. No es fácil para mí componer mi cabeza en función de escribir con alguien.

Mis escritos anteriores "salieron", yo no recuerdo haberlos escrito. De hecho siempre discuto cuando alguien me habla para escribir. Nunca sentí que pudiera hacer eso.

Cada uno de mis artículos me lleva semanas o meses, el tiempo que consuma ir reuniéndome con esos momentos en que salen de mí las cosas que después aparecen en la pantalla de la computadora.

¿Cómo hacer, entonces, para escribir este libro juntos?

No lo sé, por ahora creo que podemos seguir intercambiando esta correspondencia electrónica y ya algo se nos ocurrirá, ¿qué te parece?

Contéstame... ¡Pronto!

Besos.

Fredy

Fredy:

Quería contarte de la pareja que me mandaste.

El planteamiento de él es que quiere estar solo. Hace mucho que se obliga a ser de una manera para que ella no se enoje.

El sistema entre ellos es que ella actúa como una mamá que le dice lo que tiene que hacer y él busca la aprobación de ella todo el tiempo.

Llegó un punto que se sintió muy mal y quiere separarse.

Ella no entiende qué pasa.

El problema aquí es que él no puede decir: éste soy yo, esto es lo que me pasa a mí, esto es lo que quiero. No puede hablar y se retira afectivamente.

135

Ella se vuelve mucho más demandante, se desespera y esto a él lo asusta, entonces se mete más para adentro.

La base de la terapia de pareja es para ayudarlo a él a expresar todo esto que le pasa.

Si para estar con otro yo tengo que renunciar a ser yo mismo, la cosa no va a funcionar.

Ésta es un premisa esencial para las parejas.

Como a él le cuesta mucho hablar, yo lo ayudo a perderle el miedo a ella y a darse permiso de decir lo que necesita.

Está lleno de rabia por haberse sometido tanto tiempo.

Con terapia voy a ayudarlo a sacar toda esa rabia, y posiblemente entonces haya de nuevo lugar para el amor.

El trabajo de ella es meterse consigo misma. Por eso quiero que venga sola.

Ella lo mira con unos ojos que demandan, que esperan una respuesta, y él se inhibe.

Ella lo mira todo el tiempo esperando que diga algo y él se siente acorralado y se calla.

Si ella aprendiera a centrarse en ella, él se sentiría menos acosado.

Lo positivo es que él quiere venir, yo cada sesión le pregunto si quiere venir la próxima para que tome la responsabilidad del encuentro, para que no se sienta presionado.

La última sesión hablamos de este sistema que tienen y los dos acordaron que es así y no saben cómo salir de allí.

Él le tiene miedo y por eso se somete.

Éste es el problema de muchos hombres que se someten por miedo a las mujeres y luego se aíslan afectivamente.

En estas situaciones, el camino terapéutico es ayudarlos a enfrentar a la mujer en vez de someterse o huir.

Welwood dice que muchos hombres no tuvieron un buen modelo para salir de las garras de su madre y repiten la situación con sus parejas.

El sentido de la terapia en estos casos es ayudarlos a enfrentarse, a tomar conciencia de que pueden ser ellos mismos y estar con una mujer.

El problema es que la disyuntiva queda planteada así: para ser yo mismo tengo que estar solo, si quiero estar en pareja tengo que someterme.

El camino en el cual yo pueda ser yo y estar con otro.

Cuando los hombres sienten que no pueden con una mujer, huyen, se retiran, ya sea física o emocionalmente, se desconectan de la mujer. Esto genera en ella mucho dolor, se vuelve más demandante y reclama. Esto produce que el hombre se retire aún más y se arme un círculo vicioso en el cual se van alejando cada vez más. Te doy un ejemplo: el otro día en sesión él contaba que tenía muchas ganas de cenar con ella, de pasarla bien... y cuando la llamó para invitarla ella empezó a hablarle de que la madre de él le había contado a la tía de ella que ella no lo había cuidado, y a ti qué te parece, etcétera. En ese momento él se sintió obligado a responder de la manera que ella esperaba, es decir, él sentía que no tenía opción, que tenía que darle la razón aun cuando ni siquiera le interesaba el tema. Entonces decidió cortar y no encontrarse con ella. Cuando vienen a sesión él comenta el hecho, y allí yo le dije: qué hubiera pasado si le decías "yo tengo ganas de estar contigo, pero no de hablar de ese tema, dejemos ese tema para otro momento". Y él dijo: "Yo no me animé a decírselo". Ahí le pregunté a ella cómo hubiera respondido a ese planteamiento de él. Y entonces ella dijo: "A mí me hubiera encantado que me ayudaras a cortar con ese tema y haber podido pasar una buena noche contigo".

En mi opinión, el trabajo terapéutico de los hombres es aprender a decirle a las mujeres lo que les pasa y especialmente lo que les pasa frente a ellas, y una mujer le agradece mucho a un hombre cuando se abre en vez de huir. Del mismo modo que un hombre le agradece a una mujer cuando realmente se abre en lugar de estar diciéndole a él cómo tiene que actuar, que ser, etcétera.

Me gustaría saber tu punto de vista, ya que tú también los viste.

No recibí ningún mail tuyo como dijiste.

Vuelve a mandármelo y prometo contestarlo enseguida.

Laura

Hola Laura:

Aquí estoy, esta vez arriba de un avión y nuevamente volviendo a Buenos Aires. España está cada vez más hermosa, la presentación del trabajo en Granada fue muy emocionante, pero una de las cosas que me conectó contigo y con Argentina fue que me di el lujo de anunciar en un reportaje la futura publicación de nuestro libro sobre parejas en España (¿qué te parece?).

En algunas cosas estar en Andalucía es como estar en casa, pero en otras parece otro universo, no sólo otro país. Acaso por los cuarenta años de franquismo en España, o más probablemente por los cuarenta años de psicologismo en Buenos Aires, ellos y nosotros hemos crecido en rumbos muy diferentes.

Nunca deja de sorprenderme el grado de represión sexual que percibo en los españoles (no hablemos de Madrid, ni de Barcelona, ciudades cosmopolitas sí las hay). Hablo del español (y mucho más del español que de la española) del resto de Iberia. Allí el tabú se enuncia desde lugares que en Argentina ya no escuchamos. Las fantasías sexuales por ejemplo son vividas tan culposamente que el autocastigo preferido es la fantasía de condenación (me refiero al infierno, claro). En el diálogo interno la conciencia no me dice: "Esto está mal", me dice: "¡Te condenarás... a ti y a tu descendencia!". (Y esto es sólo por los malos pensamientos.)

El caso es que cuando hablé de nuestro libro con algunos colegas, sobre todo con Julia Atanasópulo (una psicóloga que fundó en Granada el Centro Andaluz de Psicoterapia Gestáltica), nuestras propuestas y posiciones y las de Welwood les sorprendieron primero y los fascinaron después.

En cierta medida, personal y profesionalmente, ellos siguen creyendo en la pareja ideal, en el placer permanente y en el enamoramiento perpetuo.

Cuando se dan cuenta de que no lo tienen lo buscan, lo exigen, lo prescriben o se resignan.

Fue bien interesante.

A la semana de estar en Granada, Carmen, mi esposa, llegó a la ciudad para pasar unos días con nosotros y volver conmigo a Buenos Aires. Hacía unos tres años que Julia y Quique (su marido) no nos veían juntos.

Carmen estaba muy bien, había pasado tres días en Madrid con unos amigos y había viajado después a Granada.

La pregunta de Julia fue:

–Oye, ¿estás bien con Carmen?

–Sí —dije—, fantástico.

–¿Seguro? —preguntó.

–Sí —afirmé—, ¿por?

–Los noto distantes...

–¿Distantes? —confirmé.

–Sí, fríos, independientes, raros.

Yo no contesté, pero me quedé pensando.

En cierto modo es verdad, Carmen y yo hemos crecido mucho desde la última vez que vimos a nuestros amigos de España y el crecimiento no fue más de lo mismo.

En este tiempo, una vez más, Carmen fue la generadora de este desarrollo personal mío.

Miro para atrás y me veo a mí mismo hace años, tan dependiente, tan barroco, tan pendiente y, por ende, ¡tan exigente!

En un café de Ramos, Carmen me puso cara de seria y como quien da una noticia fatal me dijo: "Quiero empezar a estudiar una carrera universitaria".

Te confieso que me pareció un cambio banal.

-¿Ah... sí? —dije displicente.

-Sí —dijo Carmen—, quiero estudiar psicología.

-Bueno —dije, y un nudo extremadamente atávico me cerró la garganta. Cien mil acusaciones que empezaban con "necio, bruto" y terminaban con "fascista, machista y retrógrado" quedaron en silencio mientras mi boca agregaba:

-¿Está decidido?

-¿Te molesta? —preguntó Carmen que sabía la respuesta.

-Sí —dije.

Durante las siguientes cuarenta y ocho horas no pudimos seguir hablando.

Carmen intentaba acercarse y sacar el tema y yo lo rehuía.

Yo, terapeuta, supuestamente esclarecido, asesor de parejas, profesional de la salud, no sabía qué iba a ser de mí.

Hoy lo escribo y me avergüenzo, pero así fue.

Durante años Carmencita se había ocupado de todo, menos de mi trabajo. Ella resolvió en esos veinte años el tema administración, casa, impuestos, niños, mecánicos, vacaciones, vestimenta, invitaciones y familia política.

Y ahora yo sabía que ya no iba a ser igual.

Siempre yo podía hablar con algún amigo y arreglar una cena, una salida o un viaje que Carmen no tendría problemas, y de pronto eso había terminado.

Muy fuerte.

Muy irritante. Muy triste.

A la semana hablamos.

Yo estaba todavía muy conmocionado.

Me acordaba todo el tiempo de mi paciente Juan Carlos, cuando su esposa le dijo que quería volver al trabajo y él le dijo: "Por qué, qué te falta, por qué necesitas salir a trabajar". Y en realidad confesaba en el consultorio que no podía creer que a su compañera no le bastaba con su papel de esposa.

¿Sería eso lo que me molestaba? El tiempo mostró que no era eso. El tiempo mostró que una vez más Carmen ayudó a desarrollar mis aspectos más negros.

El tiempo mostró que se puede armar una relación con quien amas desde cientos de lugares diferentes.

"Cada pareja arma su propio circo", como dices siempre tú.

Hoy aprendí a vivir en esta diferente relación de pareja. Aprendí a volver a disfrutar de algunos placeres olvidados como viajar solo. Volví a disfrutar del alivio de no cargar con la pareja y dejé de lamentar reclinar mi peso sobre Carmen.

Es cierto, han pasado casi tres años desde entonces y todavía de vez en cuando la extraño.

Añoro a esa Carmen que fue... y que, a pesar de todo, ya no elegiría para mí. Gracias por escuchar. Chao.

Fredy

Querido Fredy:
Estuve pensando muchas cosas en estas semanas, pero no sabía cómo comunicarme contigo.

Ante todo nos mandaron una carta del congreso de Cleveland donde nos felicitan por la clasificación que obtuvimos en nuestra presentación. Los participantes tenían que clasificar de 1 a 5 y *obtuvimos un promedio* de 4.80. ¿Qué tal?

De paso nos invitan a publicar el trabajo en el *Gestalt Journal*.

Yo ya mandé una carta que piden que contestemos si estamos interesados y si nos comprometemos a mandar el material antes del 15 de octubre.

¡Qué bueno que el libro salga en España también!

Reconectarme contigo me genera ganas de escribir.

Estuve pensando mucho también en esto que me dices de tu relación con Carmen o con las Cármenes que fuiste conociendo en tu camino. Creo que el asunto pasa por descubrirnos todo el tiempo observando qué nos sale. Es decir, no esperar de nosotros ni de nuestras parejas ser los mismos, sino aceptar la sorpresa de quién es el otro que tengo al lado hoy, y sorprendernos a nosotros mismos siendo otros todo el tiempo.

Cada vez más creo que la identidad es algo que nos inventamos y que nos hace sufrir, voy a pensar y escribir sobre eso.

En este mes se me juntaron dos cosas en este sentido.

Estuve leyendo en Cariló el último libro de Kundera justamente llamado *La identidad*. Y él desde una postura posmoderna llega al mismo lugar que Welwood desde el budismo.

Kundera habla en este libro de una relación de pareja y en varias oportunidades los personajes se encuentran preguntándose por la identidad de sí mismos y del otro, poniendo así levedad al asunto.

Permanentemente no saben quiénes son ni quién es el otro, pero siguen buscándose y huyendo el uno del otro como todas las parejas. Por su lado, Welwood nos anima directamente a salirnos de la idea del ego.

Me entusiasma la idea de descubrirme todo el tiempo, de sorprenderme con actitudes de Carlos.

Dar espacio para lo nuevo todo el tiempo. Te mando un beso.

Laura

PD: Tengo ganas de saber de ti.

Supongo Fred que todo lo que sigue lo tienes. Al volver a todas estas cosas me pregunto también qué habrá pasado con esas cosas de tu vida de las que nunca más hablaste.

Termino este mensaje igual que como terminaba aquél hace más de un año.

Tengo ganas de saber de ti. Besos.

Laura

Roberto debía tomarse un tiempo para metabolizar toda esta información.

La situación se tornaba más comprometida. Era imprescindible diseñar un perfil de Fredy más acabado para evitar que se descubriera todo.

Apretó el botón "Contestar" y respondió a Laura.

Lauri:

Gracias por hacerme llegar estos pedazos de nuestra biografía.

Aunque no lo creas los leía con la sensación de acceder a ellos por primera vez.

Me preguntaba si tanto habíamos cambiado como para que lo dicho me sonara extraño. ¿No es increíble?

De alguna manera es refrescante. Me siento un individuo nuevo y siento como si nuestro vínculo empezara recién hoy.

Te agradezco mucho todo. HOY, además, te agradezco que seas la testigo que me ayuda a reconstruir algunos paisajes perdidos de mi historia reciente.

Besos,

Fredy

PD: Me faltó la lista de los libros para la colega de España y el comentario del cuento, ¿me los mandas?

Capítulo 9

M *ail delivery error.*

Ése era el nombre del primer mensaje de su casilla. Algunas veces pasaba.

MINCE, que le hacía trabajar de más.

MINCE era su denominación para esa entelequia cuya existencia era tan incuestionable como injusta. Su nombre lo había tomado de las iniciales con las que él explicaba estos fenómenos insoportables:

El mail más importante a recibir se pierde.

La más urgente de las respuestas se borra o aparece con un texto parecido a

> Querido Roberto
> Te escribo para contarte algo muy importante.
> Resulta que cua

Y uno baja por la hoja interminablemente blanca de la pantalla y nada.

O peor aún, el mensaje del amigo querido en viaje por Kiev dice:

Rober

3=@##+=(desc)\]][+x+**."”{{ç6

\ - ¿kj3.“!@@\\# . jalá me comprendas.

O como ahora: un mensaje enviado respetando las reglas volvía inexplicablemente a su origen.

MINCE: la Maldad Innata Natural del Cyber Espacio.

Pensó que el mensaje devuelto debía ser el último enviado a Laura. Uffff... Ahora tendría que recuperarlo, recortarlo, pegarlo y reenviarlo...

Hizo doble clic sobre el icono del sobre cerrado y el programa mostró el mensaje.

Roberto entrecerró los ojos como para focalizar su mirada en el mail que había aparecido en pantalla.

Algo estaba mal, muy mal.

Cerró el archivo y volvió a abrirlo. La computadora repitió la operación mostrando el mismo mensaje.

Roberto no entendía, el mensaje retornado no era de él. Decía:

Querida Laura

Aquí estoy, de vuelta en Argentina.

Fue larga la ausencia esta vez.

Me encontré al regreso con tus mails.

¡Muy bien!

La verdad es que el trabajo que hiciste me parece maravilloso.

No te enojes conmigo por la falta de respuesta.

Trataré de compensarte en lo que queda del año.

No sé por qué me mandaste copia de los mails

anteriores ya que los tengo, pero de todas maneras me gustó releerlos. Un beso.

Alfredo

Roberto buscó en el copete del mail. Decía:

This mail has been returned for
irrecuperable error (Error=4587)
from <rofrago@yahoo.com>
to <carlospol@spacenet.com>

Releyó letra por letra: *rofrago@yahoo.com*
El mensaje había sido enviado desde su casilla. Se sintió confuso y sorprendido.

Algunas ideas que incluían delirios paranoides y fantasías mágicas pasaron rápidamente por su cabeza y fueron descartadas definitivamente.

Debía haber una explicación lógica. Pero ¿cuál?
El mensaje era de Alfredo y estaba dirigido a Laura.

—No puede ser —dijo en voz alta, como acusando a su computadora—, debe haber una explicación —se aseguró.

Hasta aquí Roberto había pensado que Laura equivocaba la dirección electrónica de Alfredo y que de ese modo había aterrizado en su correo...

¿Y si no hubiera error de Laura?
Todo sucedía como si el domicilio de Alfredo fuera realmente *rofrago@yahoo.com*... Pero eso era imposible.

¿Sería MINCE tan poderosa como para generar una situación como ésta?

Un servidor que no bloquea un address asignado

148

y un solicitante que en alguna parte del mundo termina eligiendo el mismo nombre que otro...

O dos personas intentan registrarse en el mismísimo momento y con idéntico nombre; obviamente la computadora de distribución busca en sus archivos, encuentra la dirección vacante y automáticamente acepta el registro de ambos.

O los nombres de dos cuentas realmente sí tienen diferencia en los titulares, pero las casillas de todas formas se han superpuesto.

O...

Sea como fuere, la única explicación posible era asumir que Alfredo y él estaban compartiendo una misma dirección electrónica.

Ahora recordaba haber recibido varias veces alguna información, alguna publicidad o suscripción en su correo, y haberla descartado interpretando que era parte del SpamMail.

> Usted está recibiendo esta información porque ha registrado su address o alguien lo ha registrado para que usted acceda a estos datos. Para no recibir más esta información envíe un mail blanco a la siguiente dirección unsuscribe@ etcétera, etcétera.

¿Cuántas veces había borrado la suscripción del pobre Alfredo de cosas que quizá le interesaran?

Recordó la última vez que recibió un mensaje de ese tipo. Él ya había mandado tres veces el solicitado "mail blanco", pero los mensajes seguían llegando, así que envió una nota en grandes caracteres que decía:

PLEASE STOP MAILING ME!

Alfredo debía estar suscribiéndose una y otra vez y él lo borraba cada vez que se suscribía. Era gracioso.

Pero la sonrisa que había empezado a asomar en sus labios desapareció rápidamente:

Si compartían la dirección, Alfredo recibía también los restantes mails dirigidos a él.

Ahora entendía por qué nunca conseguía que le mandaran los libros y CDs que compraba por internet. Claro, cuando la empresa vendedora pedía confirmación del pedido, Alfredo renegaba de la compra. Qué hijo de p...

Pero entonces, los mails de Laura sí habían sido recibidos por Alfredo.

Otra vez la amenaza de que todo se descubriera volvía al tapete.

Temblando, bajó por la lista del correo deseando por primera vez que no hubiera un mensaje de Laura.

Pero había. No uno, sino dos mails.

Querido Fredy:

Habrá que darse cuenta de que, tal como sucede con nuestros pacientes, no somos para siempre los mismos. De hecho me parece que este intento de seguir siendo los mismos, lejos de promover el encuentro lo evita.

Tiene que ver con aquello que te dije de la identidad. Estuve pensando mucho este tema.

A partir de las frustraciones inherentes a la educación solemos creer que no somos valiosos o queribles tal como somos, y entonces nos vemos empujados a crear una identidad a la medida de aquellos por los que nos sentimos rechazados, nuestros padres.

Esta identidad no alcanza para el aplauso, así que creamos una segunda identidad compensatoria, que dará lugar a una tercera, y a una cuarta, y a todas las necesarias hasta llegar a la que reciba la aprobación de los educadores, pensando que así vamos a lograr que nos quieran.

Invento una identidad querible sobre la base de creer que mi ser, tal como es en realidad, no es querible.

Entonces, cuando estamos en una relación íntima, el deseo que tenemos es que nuestro compañero confirme nuestra identidad compensatoria y, por otro lado, tenemos miedo de que nuestra identidad deficiente sea vista, que el otro se dé cuenta de que no somos como nos mostramos y, por lo tanto, quizá, que no somos merecedores de su amor.

La clave consiste en animarnos a sacarnos de encima nuestra supuesta identidad, instalarnos en el mundo sin tener la exigencia de responder a ella, descubriéndonos todo el tiempo y observando qué nos sale.

Cada vez estoy más convencida de que la identidad es algo que nos inventamos y nos hace sufrir, porque nos exige responder de acuerdo con ella.

Buscamos la intensidad del encuentro pero cuando llega nos asustamos, nos desestabilizamos.

Y, sin embargo, es muy difícil no ansiarlo, porque intuimos que no hay nada más saludable que un encuentro auténtico, sin máscaras, sin engaños, actualizado y sin expectativas. Pero también intuimos que el riesgo de sufrir tiene un precio muy alto.

Pienso que nos da tanto miedo entregarnos, fundirnos en el otro, que sólo podemos hacerlo parcialmente, como hacen nuestros pacientes.

El intento de protección contra los dos grandes monstruos: el rechazo y el abandono.

Es muy duro desear a alguien y que no esté.

Tal vez el trabajo consista en perderle el miedo a la entrega. Se me ocurre un camino largo y difícil, pero en última instancia es el camino de la vida.

No tengo respuestas, estoy llena de preguntas.

Creo que a los pacientes sólo podremos acompañarlos para que transiten todo esto responsablemente y con conciencia de lo que se está jugando.

Enseñarles a observar a fondo la situación que no es únicamente una cuestión de sentimientos, es mucho más que eso.

Me parece increíble el miedo a la entrega.

Cómo reaccionamos para no encontrarnos.

Cómo armamos líos y creamos distancia.

Cómo nos confundimos y confundimos a los demás.

Cuando deseamos y el otro está es muy hermoso. Pero cuando no es así, el dolor nos parece más insoportable que cualquier otro sufrimiento.

Por eso frenamos a veces la tentación de ser espontáneos, buscamos vidas seguras encerradas en nuestra vieja personalidad calientita y estructurada. Y no es que esté mal, tampoco podemos vivir en carne viva.

Lo que pasa es que vivir encerrados en una identidad se vuelve, tarde o temprano, aburrido y angustiante.

La intensidad atrae y duele, la buscamos pero no podemos tolerarla, dice mi amiga Renate.

Qué dilema.

Insisto: no tengo respuestas.

Sólo podemos plantear el problema... y esto abre más y más preguntas.

Tal vez debamos aceptar que ni en el libro ni fuera de él podemos dar respuestas, pero sí preguntas que ayuden a la gente a pensar sus vidas.

Laura

Fredy:

Me invade el pensamiento la palabra misterio.

Hay personas que me llevan a abrirme y otras que me hacen cerrar. ¿Qué pasa allí?

Creo que en parte "ocurre" y que en parte soy yo quien decide abrirse o no con determinada persona en tal o cual momento.

Siempre está rondando el miedo a la entrega, a sufrir, a desestabilizarnos, a perder todo lo que fuimos logrando con la construcción de nuestra identidad.

Me interesa el tema de la química con el otro, tal vez porque ahí está el misterio.

Me impacta, por ejemplo, comprobar cómo podemos mirar a una persona ahora y rechazarla, y, sin embargo, en un instante o dos, al cambiar de mirada, sorprendernos amándola.

Esto se vincula con aquello que hablábamos de la supuesta identidad...

Y ésta es la paradoja del vínculo amoroso:

Todo el tiempo somos otro, y el otro... el otro también es otro.

La propuesta es aceptar esto y ver qué día se da el encuentro y qué día no, aceptar estas idas y vueltas de la relación como algo que es así, sin esperar otra cosa. No exigirnos sentir siempre lo mismo. Admitir con gusto el movimiento de las emociones y, por supuesto, aceptar que el otro también tenga esta conducta. Permitirse vivir lo misterioso de las relaciones, como decía el poema que te leí ese día en el bar:

> *Si sabes cómo relacionarte con tu marido*
> *o tu esposa*
> *no estás verdaderamente casado,*
> *simplemente estás aplicando psicología.*
> *Siempre que una relación es real,*
> *se está creando y recreando*
> *de momento a momento.*

Pienso que esta dinámica de lo real también opera sobre la personalidad.

Me refiero al "ser" en pareja y al "ser" de cada uno. La personalidad es un vehículo para llegar al ser; disolviéndola, llegamos a la captación de nuestra esencia.

La personalidad se identifica con una parte del ser a la cual le asigna el valor de la totalidad. Es importante tomar conciencia de que somos el ser y no sólo la posición con la que nos identificamos.

La mente tiene esta capacidad de definirnos de

cierta manera, como si al ser de tal o cual forma no pudiéramos ser de ninguna otra.

Éste es el mecanismo que nos impide ser completos.

Damos por sentado que somos el yo que nuestra mente ha construido y no advertimos que ese yo es algo que se formó en el pasado, que tiene sus raíces allí y que su lealtad está dirigida a cosas que ocurrieron entonces, hechos y recuerdos más o menos distorsionados que estamos sosteniendo y tratando de mantener o de ocultar. En consecuencia, no podemos estar totalmente presentes, porque estamos atados a las cosas del pasado que nos determinaron a crear nuestra identidad.

Pieza por picza, el yo estructurado es una resistencia a la presencia incondicional.

El trabajo consiste en cambiar nuestra lealtad al yo construido, el yo habitual, para el sentido vasto del ser que podríamos llamar nuestra verdadera naturaleza, que está por afuera de las barreras de nuestro yo construido y que no puede ser contenido dentro de esas barreras.

Tenemos que estar listos para abandonar nuestra personalidad, para dejar que pierda fuerza, para agradecerle que nos haya ayudado a sobrevivir hasta ahora, pero aceptar que ya no nos sirve.

Estamos acostumbrados a vivir encerrados dentro de ella; no sabemos cómo es dejarnos ser sin el freno de nuestra identidad. Nos da miedo y es muy difícil meternos en los lugares oscuros de nuestro ser y abandonar nuestra vieja y conocida identidad. El hecho de dar y recibir amor se convierte en una tarea muy ardua si no estoy decidido a dejar mi vieja estructura. No es que podamos tomar la decisión de dejar nuestra vieja identidad y conectarnos inmediatamente con nuestro ser. Si fuera tan fácil todo el mundo lo haría, porque todos buscamos amor. De distintas maneras, todos buscamos querer y ser queridos, aceptados, considerados, etcétera.

No se trata de librarnos de nuestro yo construido, ni de romperlo, ni siquiera es cuestión de criticarlo o condenarlo de ninguna manera. Hacer esto sería un error. Porque es un paso en el camino, tuvo y sigue teniendo una función.

Las diferencias entre la estructura y la esencia a veces no son tan rígidas, pero siempre son importantes.

La estructura está basada en el pasado, la esencia es siempre presente.

La estructura es reactiva, en cambio la esencia es abierta y no reactiva.

La estructura está relacionada con tratar de hacer, con el esfuerzo; por el contrario, la esencia es sin esfuerzo, es no hacer.

La estructura está siempre mirando algo, queriendo algo, necesitando algo, siempre hambrienta y deficiente. La esencia está llena, no necesita nada.

La estructura está mirando afuera, la esencia se asienta en sí misma.

Welwood nos anima a salirnos de la idea de un yo estructurado. Él propone directamente que nos conectemos con el vacío en vez de esforzarnos en llenarlo con una falsa identidad.

Pero esa sensación de vacío es vivida como la

gran amenaza a nuestra estructura. De hecho, todo el proyecto de identidad es una defensa para no sentirla.

La mente no puede agarrar el vacío, la mente crea las historias sobre el vacío, como si fuera un agujero negro. El yo construye una barrera y todo lo que está afuera aparece como potencialmente peligroso.

El yo estructurado transforma esa conducta evitativa en una necesidad vital, consiguiendo que la vida acabe girando permanentemente alrededor del peligro que implica el vacío.

Creo que estaremos mucho más vivos si nos animamos a darnos cuenta de que no estamos necesariamente obligados a saber todo el tiempo quiénes somos, y que no tenemos por qué asegurar exactamente y al detalle qué se puede esperar de nosotros.

Darnos cuenta de que sí podemos (y quizá debemos) lanzarnos a la experiencia de lo que deviene sin encadenarnos a un yo que nos limite a unas pocas respuestas conocidas.

Estas ideas podrían ayudar a estar en pareja, porque permitirían aflojar viejas ataduras y, sobre todo, porque liberarían también a nuestros compañeros de ruta de sus propios condicionamientos individuales.

Espero haberte sorprendido con estas reflexiones.

Laura

Roberto pensó que debía resolver este tema de su identidad.

Después de todo, estaba viviendo un engaño. ¿Por qué no podía relacionarse con Laura como quien auténticamente era?

Tenía que meditar sobre eso. Por ahora, todo parecía estar en orden... todavía. Si llegaba a tiempo evitaría la catástrofe.

Copió el mensaje de Alfredo en su computadora y luego lo borró del servidor.

Si Alfredo no encontraba el aviso de retorno, nunca sabría que el mensaje no había llegado y no tendría motivos para volver a mandarlo.

Sin embargo, esta acción no evitaba el riesgo de una futura comunicación.

La solución era, por lo tanto, incomunicar a Alfredo. Pero ¿cómo bloquear su correo hacia Laura? Fredy sabía la dirección de ella y podía escribirle cuando quisiera.

Salvo que...

Roberto entró en el servidor Hotrnail.com donde se ofrecían direcciones electrónicas. Se registró como *trebor* (su nombre al revés) y obtuvo una casilla nueva.

La jugada que empezaba lo alejaba más y más de la moral, pero eso no parecía importarle.

Entró en el sitio y escribió un mensaje nuevo dirigido a *rofrago@yahoo.com*.

Querido Fredy:
Me alegro de saber que ya estás otra vez entre nosotros. Es bueno saberte cerca después de esta (como tú dices) larga ausencia. Ojalá tu promesa de ser más participativo se cumpla esta vez. Creo que te mandé copia de los primeros mails para inducir-

te a contestar a la luz del camino recorrido (y por lo visto sirvió). De todos modos, presta atención:

No me escribas más a esta dirección.

Decidí tomar mi propio address para el libro y dejar el anterior porque me conectaba con otro tiempo, con otra situación y con una realidad que ya no es la actual. Me parece que es hora de que deje de usar como mía la dirección de mi exmarido, ¿no crees? Así que toma nota, tú que a veces eres medio despistado, porque no voy a abrir más la casilla anterior. La dirección actual es:

trebor@hotmail.com

Espero saber de ti rápido tal como te pedía en el mail anterior.

Besos,

Laura

PD: No olvides cambiar mi dirección en tu libreta de addresses. Chao.

Movió el puntero hacia "Guardar" para archivar una copia del mensaje saliente e hizo clic en el botón "Enviar".

"Listo", pensó Roberto.

Todo estaba bajo control. Alfredo podía escribir lo que quisiera, y él decidiría si reenviarlo, censurarlo, modificarlo o ignorarlo.

MINCE podía haberle concedido a Alfredo el derecho a recibir la misma información que él, pero a partir de ahora por lo menos quedaría al margen del intercambio directo con Laura.

Abrió el mueble donde guardaba los licores y se

sirvió una copa: una medida de cointreau y media de cognac. "Coctel de amor", según le había enseñado Carolina.

Estaba muy contento de que sus escrúpulos no le hubieran privado de este enorme placer doméstico.

A las dos de la mañana, y después de la cuarta copa, sintió cómo venían a su cabeza las cosas leídas y estudiadas en sus cursos de filosofía.

Tuvo ganas de compartirlas con Laura.

Laura:

Me gustaría saber qué piensas tú sobre la capacidad de amar. Para mí es una cuestión muy interesante. La gente suele quejarse de no ser querida cuando el verdadero problema es que no sabe querer.

Creo que esto es lo que hay que desarrollar.

Ortega y Gasset dice que para amar se necesitan varias condiciones.

La primera sería la percepción, la capacidad de ver al otro, de poder interesarnos por otra persona que no somos nosotros mismos.

Yo veo en algunas mujeres una actitud bien contradictoria. Se quejan de estar solas pero me sorprendo al ver el desprecio con el que hablan de los hombres.

Después se enojan al ser abandonadas, cuando en realidad ellas los abandonaron primero con su falta de amor.

Como tú me "enseñaste", la manera de estar con otro, de poder quererlo, de querer descubrirlo, es siendo capaz de aceptarlo como es.

160

Pero la mayoría de la gente no se preocupa por el tema de si quiere o no, sólo se preocupa sobre si es querido y si se le demuestra el amor.

El otro día una amiga, en diálogo con su novio, le dijo a él:"Si piensas así es que tú no me quieres". Y yo, poniéndome en el lugar de su pareja, le contesté:"Tú no lo quieres cuando piensas así".

Ella se dio cuenta de que era cierto, que en realidad era ella la que no quería, pero de todas maneras se enojó conmigo y me preguntó qué tenía yo en contra de la relación entre ellos.

Volvemos siempre a lo mismo, la dificultad para ver la cosa desde uno y no desde el otro.

¿Cómo ayudaremos a las personas a desarrollar su capacidad para amar?

Sería bueno mostrarles su particular manera de no querer.

En el caso de mi amiga sería:

Tú no lo aceptas como es.

Tú te cierras cuando él te habla.

Date cuenta de qué poco te importa lo que a él le interesa.

Tú lo criticas, lo menosprecias, lo descalificas.

Tú, que sentías que amabas demasiado y te creías tan generosa, date cuenta de que solamente le das lo que tú quieres darle, que no te ocupas de saber lo que él necesita, que sólo das por tu necesidad de dar y no por lo bien que le puede hacer a él lo que le estás dando.

Tú eres la que no sabes quién es, la que lo pusiste en un lugar y nunca más... lo viste de verdad.

Como dice H. Prather hablando de la incapacidad de querer de las personas: "Creo que a la primera persona que no quieren es a sí mismos, y que se maltratan y menosprecian al igual que como lo hacen con los demás. Hay muchas personas que no pueden salir de sí mismas, que no pueden interesarse en otro porque nadie les importa".

Supongo que es por la misma razón que decimos siempre que los problemas de pareja son problemas personales, porque alguien que puede amar, siempre va a encontrar algo para amar en la persona que tiene enfrente.

Y si no, pensemos en los grupos terapéuticos o en los talleres, a los que llegamos llenos de prejuicios y terminamos sintiendo que amamos a todos; tan sólo porque ellos nos mostraron su alma y nosotros también lo hicimos.

Dice Ortega y Gasset: "Nadie ama sin razón, el mito de que el amor es puro instinto es equivocado".

Me resulta muy interesante pensar en esto.

Besos.

Fredy

Después de mandar el mensaje y terminar su sexto coctel de amor, se dio cuenta de que las letras de la pantalla se movían en una sospechosa danza frente a sus ojos.

Apagó la máquina en Roberto-automático, como él decía, y de memoria llegó primero a su cuarto, después a su baño y, seguramente también de memoria, a su cama.

Seguramente... porque allí apareció durmiendo a la mañana siguiente.

Capítulo 10

Se despertó con la boca pastosa y la cabeza turbia.

—Ya no estoy en edad para el alcohol —ironizó consigo mismo. Era día feriado y tenía todo el tiempo para él.

Después de la tercera taza de café, decidió disolver un sobre de sal de frutas en medio vaso de agua mineral; le gustaba el exceso de efervescencia que producía el polvo blanco al caer sobre el agua.

Lo bebió de un solo trago y eructó grandilocuentemente. Siempre le habían fascinado los sonidos socialmente reprochables que exagerados en la soledad lo conectaban con esa especie de rescate cínico del fluir espontáneo y sin culpa.

—Una marcación audible de territorio —pensó.

Su territorio, su casa, su computadora, sus pensamientos, sus sentimientos, Laura, Laura, Laura.

¿Cómo iba a enamorarse de alguien a quien no conocía?

Laura.

¿Habría algo entre Fredy y ella?

Habían estado juntos en Cleveland.

Laura.

Roberto recordaba el clima de los congresos de mercadotecnia todos con todos. Los de psicología no debían ser diferentes.

Laura.

A pesar de que su concepto de los psicólogos dejaba bastante que desear en ese sentido (y también en otros), hacía mucho que sabía que esa idea de "liberados" que circulaba por ahí había sido siempre una proyección de la ficción de los psicoanalizados del mundo.

Laura.

Otra vez no podía sacar a Laura de su cabeza.

Otra vez no quería sacar a Laura de su cabeza.

Abrió la computadora y se puso a buscar los archivos guardados de Laura. Quería releer aquél donde alguna vez ella le había escrito sobre el estar enamorado. Después de un rato lo encontró y anotó con lápiz en su block algunas frases:

"Estar enamorados nos conecta con la alegría que sentimos de saber que el otro existe, nos conecta con la poco común sensación de completud."

"Cuando uno se enamora en realidad no ve al otro en su totalidad, sino que ese otro funciona como una pantalla donde el enamorado proyecta sus aspectos idealizados."

"El otro no es quien es, sino la suma de las partes más positivas del apasionado proyectadas en el otro."

"Este primer momento es más una relación mía conmigo mismo, aunque elija determinada persona para proyectar esos aspectos míos."

Seguramente era cierto...

¿Y qué?

¿Debemos privarnos de la maravillosa sensación de estar enamorados sólo porque más o menos pronto terminará?

¿Debemos descartar la pasión y remplazarla por el sesudo (y ahora pensaba absurdo) análisis intelectual de los "psi" del mundo?

En todo caso, él pensaba justamente lo contrario: lo efímero del enamoramiento era una poderosa razón para disfrutarlo intensamente.

Laura.

¿Qué estaría haciendo?

¿Trabajando en día feriado?

¿Atendiendo a un paciente de urgencia?

¿Leyendo material para el libro?

¿Corriendo por la costa del río?

¿Escribiendo un mail para él?

¿Para él?

Recordó que los mails de Laura no eran para él... eran para Fredy. Se sintió bastante molesto.

Se conectó.

Hola rofrago, tiene cuatro (4) mensajes nuevos

audimet@usa.com Asunto: aceptación de propuesta publicitaria.

¡Bravo!

ioschua@aol.com Asunto: reclamo noticias.

Debería sentarse hoy mismo.

intermedical@system.net Asunto: respondiendo a su solicitud.

Abrió el tercero:

Estimado Dr. Daey:
Lamentamos la tardanza en hacerle llegar esta respuesta. Como usted comprenderá el concejo tiene cientos de asuntos en espera y cada carpeta es analizada y resuelta por riguroso turno de llegada.

De todas maneras nos es grato comunicarle que se ha decidido dar curso a su solicitud y esperamos su confirmación para instrumentar las formas necesarias para su concreción.

Atentamente.

Doctor Néstor Farías
Presidente

—Así que ése era su apellido: Daey...

Roberto se quedó un buen rato frente a la pantalla. Al cabo de un rato levantó la vista y se miró en el espejo colgado en la pared lateral. Se vio cara de niño travieso. Sonrió y el gesto se volvió diabólico.

Apretó el botón "Responder al autor".

Sr. Dr. Néstor Farías:
Después de tanta espera e insistencia me llega la tardía notificación de la aceptación de mi solicitud.

Creo que no me equivoco al asegurar que el mundo en el que vivimos no puede seguir tolerando la burocracia anacrónica de los concejos dilatorios de las decisiones importantes.

Entiendo que es mi deber ético mostrar mi indignación y ser fiel a mis principios. Por eso me dirijo a usted para hacerle saber que RECHAZO su nota y retiro la solicitud que oportunamente enviara.

Es mi deseo que esta actitud opere como una pequeña llamada de atención a la institución que usted preside.

Doctor Alfredo Daey

Hizo clic en "Enviar" y luego borró el mensaje entrante de Farías. Nadie se enteraría nunca de lo sucedido.

Cuando llegó al cuarto mensaje y leyó que era de Laura no pudo determinar si su alegría era por el mail en sí o por el dañino placer de la maldad.

Querido Fredy:

Tienes razón cuando dudas de la capacidad de amar de la gente, aunque de todas formas siempre se me aparece el componente de la inseguridad y a partir de allí la necesidad de certeza, de reaseguramiento y de control. Lamentablemente, cuando llegamos allí no hay más remedio que aterrizar en la lucha por el poder y en los celos.

Por mi parte, cada vez pienso con más convicción que los problemas de control pasan casi únicamente por la incapacidad de amar.

Las personas creen que aman pero en realidad están enganchadas en su necesidad de poseer a otro. Como si dijeran: "Te amo mientras estés al lado mío, pero si te vas seguramente te odiaré". Eso no puede ser amor.

El amor pasa por poder pensar en lo que el otro necesita y en disfrutar si el otro está bien. Todo esto en forma totalmente independiente de si está al lado mío.

Una paciente me decía que no toleraba que su marido disfrutara saliendo con sus amigos, que si él realmente la quería, elegiría salir siempre con ella. Nada más absurdo.

Yo creo que si ella lo quisiera verdaderamente a él, se alegraría de saber que puede disfrutar de una salida con amigos.

Yo intentaba mostrarle que lo que ella sentía era más necesidad de poseerlo que amor, y ella se enojaba conmigo.

En nuestra cultura se confunden las cosas.

No se acepta que pueda querer mucho a mi pareja y a la vez que pueda disfrutar con otras personas.

Partimos siempre de la falsa idea de que la persona adecuada puede y debe darme todo lo que necesito.

En mis grupos de formación de terapeutas de parejas estamos investigando el tema y tratando de pensar cómo se van a dar las relaciones en un futuro.

Y una de las cosas que pensamos es que se va a dar amplitud en las relaciones.

Así como está planteada la pareja hoy, vemos que no funciona.

Mi amigo Norberto me decía que él estaba seguro de que en un futuro se iba a aceptar más la posibilidad de tener encuentros íntimos con varias personas. Aceptaremos en última instancia lo que es obvio, que en realidad sí podemos amar a varias personas a la vez, aunque nos relacionemos con ellas de diferentes maneras.

Nosotros como terapeutas sabemos cómo funcionan los amantes en las supuestas relaciones monogámicas de hoy.

Es probable que nuestros lectores se horroricen al leer esto, pero no es cuestión de decidir si está bien o mal. Sólo describo lo que veo, lo que en realidad ocurre más allá de lo que queremos que ocurra.

¿Por qué no empezar a cambiar la cabeza y validar lo que se da, en lugar de seguir intentando relaciones imposibles?

¿Por qué no trabajar con nuestra patológica necesidad de poseer en lugar de crear sofisticados métodos de control sobre nuestra pareja?

¿Por qué no sanar nuestros enfermizos celos en vez de vivir persiguiéndote con la excusa de lo mucho que me dolería perderte?

Creo hablar en nombre de los dos si digo que los celos son siempre (¡SIEMPRE!) un síntoma neurótico, una expresión de nuestros aspectos más oscuros.

Celar es sostener la creencia de que mi amado le da a otra persona lo que solamente yo tengo derecho a querer de él. O como dice Ambrose Bierce en su *Diccionario del diablo*: "Celar es temer perder a alguien, que si uno perdiera por lo que teme perderlo... no valdría la pena haberlo conservado".

Hay que trabajar más en obtener el vínculo que deseo tener con mi amado que en censurar y controlar sus otras relaciones.

Por lo demás, es importante aprender a soltar.

Es parte de mi credo luchar contra los que proponen que hay que aferrarse a los vínculos.

Las relaciones duran lo que tienen que durar, es decir, mientras impliquen crecimiento para ambos, a veces unas semanas, otras toda una vida.

Estar siempre dispuesto a soltar es la única posibilidad de sostener un vínculo renovable eternamente.

¿Cuántas veces soltamos el proyecto del libro?

Y, sin embargo, aquí estamos... cada vez más cerca de publicarlo.

Lau

¡Los celos!

Eso era, estaba celoso. Celoso de Fredy, de Carlos, de los pacientes de Laura, de sus hijos, de todos.

Celoso, ¡qué estupidez!

Sí, estupidez, neurosis o enfermedad. Estaba celoso.

Por una vez Roberto se dio cuenta de que no iba a acordar con Laura.

¿Qué significaba esa apertura absurda de validar? ¿Por qué razón había que validar el derecho que ese idiota tenía a esta relación con Laura?

No era justo que Alfredo siguiera recibiendo los halagos y los mensajes que no merecía. Después de todo, si no hubiera sido por Roberto, Laura hacía rato que habría abandonado el proyecto.

Él debía hacer algo al respecto. Pero ¿qué?

¿Y si...?

¿Por qué no?

Roberto hizo clic en "Contestar".

Querida Lau:
Me encantó tu mail sobre los celos.

Creo que pensaré un poco sobre algunas cosas y te las mandaré en cuanto pueda.

Estoy saliendo para Uruguay y tengo varios viajes pendientes. Como no quiero perder contacto contigo y tus mails, te pido que desde ahora en adelante me escribas a esta dirección *trebor@hotmail.com* porque me es más fácil entrar desde mi lap.

Te mando un beso.

Fredy

Apretó "Enviar" y se tiró hacia atrás en la silla.

–Jaque mate —pensó Roberto.

Recién el miércoles por la noche llegó el primer mensaje a *trebor@hotmail*. Era de Fredy.

Hola Laura:
Para estrenar tu nueva dirección electrónica elegí este artículo que escribió Julia. (¿Te acuerdas que te conté de ella? Es la que vive y trabaja en España, más precisamente en Granada, capital del tango de "la madre patria"). Allí, en Andalucía, Julia y su marido, argentinos los dos, se enamoraron por primera vez del tango. De ese amor salió este texto. Léelo despacio, y si puedes, con un tanguito de fondo...

BAILEMOS TANGO MI VIDA

La decisión ya estaba tomada: iba a aprender a bailar tango. Es más: tenía que aprender a bailar tango. Y esta vez sí iba a poner todo el empeño escatimado en tantos años de infructuosos intentos (desde los primeros balbuceos con mi padre, hasta aquellas tentativas fugaces, pero llenas de vana ilusión, emprendidas con la ayuda de los abnegados "voluntarios" que alguna vez encontré en el camino). Y como esta vez estaba realmente dispuesta a llegar hasta el final, lo primero que tenía que hacer era tomar clases como Dios manda (es decir, con profesor y todo). Así que llena de buena voluntad, encaramada a mis zapatos de tacón, embutida en una falda acorde a las circunstancias y con la mejor de mis sonrisas en el rostro, me planté en aquella sala de baile que tanto me habían recomendado mis amigas.

Pero claro, como es imposible tanta dicha, como tanta perfección nos está prohibida... como siempre... faltaba algo. Miré, remiré y por más que busqué, me encontré de nuevo con la eterna verdad delante de mis narices: sólo había cuatro hombres para veinticinco mujeres.

Con todo y con eso no estaba dispuesta a que mi voluntad se viera vencida una vez más. Y me lancé a la pista dispuesta a arrebatarle a cualquiera de las otras veinticuatro mujeres alguna de las cuatro codiciadas presas. Sin embargo, a pesar de mi buena voluntad y de la mejor de mis sonrisas, en una hora sólo pude capturar a un compañero, y por cinco minutos. A aquel paso, ni en dos años aprendería una sola figura (si es que antes no aparecían por la pista nuevas competidoras). Fue entonces cuando la luz se hizo en mi cabeza y lo vi todo con mucha más claridad: ¡para algo se tiene un marido!

Y luego de poner en juego mis mejores y más elaboradas maniobras de "maniposeducción", conseguí arrastrarlo a la clase. Lo mejor y más increíble de todo... es que ¡le gustó!

Clase 1

–Lo primero que vamos a aprender del tango es el abrazo —dijo Julio Horacio Martínez, el profesor.

Yo pensé que esto no tendría mucha ciencia, porque abrazarse es algo que todos hacemos habitualmente, de una manera espontánea, qué sé yo... natural, sin aprendizaje previo. Pero no. Al parecer, detrás del abrazo en el tango se esconde algo bastante más complicado.

–En el tango los cuerpos tiene que armar un circuito de tensiones encontradas. El brazo debe estar firme, pero sin empujar. Las piernas en contacto, pero sin asfixiarse ni impedirse el movimiento. Tengan ustedes en cuenta que en este baile el equilibrio no está en cada uno, sino en el centro de los dos, y si no se entienden pueden desestabilizarse. Tienen que aprender a comunicarse para poder disfrutarlo juntos.

Entonces Alberto, mi marido, me tomó en sus brazos, juntas las piernas, con una mano sujetándome de la cintura y con la otra, arriba y firme, para que me sirviera de apoyo. Hasta aquí todo bien... en teoría, si no fuera porque su mano en la cintura... me tenía suspendida en el aire, sus piernas juntas... no me dejaban mover, y su mano firme... era tan firme que me atenazaba los dedos.

–Tu mano debe ofrecer resistencia, de lo contrario te sientes empujada. No se puede bailar con un flan aunque tenga forma de mujer.

Me había llamado flan con forma de mujer. Eso fue lo que dijo... y ahí terminó la clase.

Clase 2

–Hoy aprenderemos el paso básico, que son ocho compases. ¿Ven? Uno, dos, tres, cuatro, cinco... y en el quinto la mujer debe tener el peso del cuerpo en el pie derecho y entonces, con ese mismo pie, y cambiando el peso, ella sale hacia atrás y seguimos, seis, siete y ocho... ¿Entendieron?

Dijimos que sí (no sin ciertos reparos) y empezamos a bailar: uno, dos, tres, cuatro, cinco... uno, dos, tres, cuatro, cinco... uno, dos, tres, cuatro, cinco... ¡NADA! No había manera. Alberto estaba empeñado en que yo hiciera el sexto con el pie izquierdo, pero no quería entender que lo tenía cruzado por delante.

–¡Me estás atropellando!

–No, eres tú que no retrocedes.

–Pero ¿cómo quieres que retroceda si tengo el pie en el aire?

–Pues las demás lo hacen...

-Las demás lo hacen porque los demás lo marcan bien.

-¡Alberto! —se acercó el profesor— tienes que tener en cuenta dónde tiene ella el peso del cuerpo. Si no lo haces, ella no puede salir. Mira: uno, dos, tres, cuatro, cinco, seis, siete y ocho. ¿Viste?

¡Qué lindo era bailar con alguien que me entendía! Reconocí que con Alberto me sentía impotente. Me echaba a mí la culpa de sus limitaciones y no quería darse cuenta de que era totalmente imposible seguirlo.

Clase 3

-Hoy trabajaremos las articulaciones del paso básico. En el ocho hay dos tiempos, uno de entrada y otro de salida, tanto en el hombre como en la mujer. Son alrededor de la pareja. El hombre puede optar por sólo darle el espacio o acompañar su movimiento... Por fin había llegado lo que estaba esperando, hacer esos firuletes tan lindos, tan elegantes, tan sensuales... Salgo, entro, salgo... ¿Qué pasa? De pronto estamos los dos haciendo fuerza por no caernos, a cuatro metros uno del otro y a leguas de la elegancia y sensualidad soñadas...

-¡¿Qué están haciendo?! —se acerca Julio desorbitado—, queremos bailar tango y están haciendo una lucha de sumo. Alberto ven. Ahora yo tomaré el lugar de tu pareja y te muestro qué haces. ¿Ves? Si tú no me das espacio suficiente yo me lo voy a tomar de todos modos, aunque sea alejándome...

Clase 4

Aunque ya más o menos podemos movernos juntos, todavía nos cuesta mucho sincronizarnos. Después de haber trabajado con la pausa hemos conseguido bailar un poco seguido, pero tras unos pasos engarzados a duras penas, me vuelvo a tropezar con sus pies (o quizá sea él quien tropieza, yo ya no lo sé). Sea como fuere, Alberto me acusa de no escuchar lo que me dice; de bailar sola. Yo le repito que no sé qué es lo que quiere que haga... pero parece que él tampoco me entiende.

De nuevo Julio se acerca a nosotros (¿es que no hay más parejas en la sala que bailen mal?):

–Alberto, si quieres decirle algo, primero tienes que contactar, llamar su atención, de lo contrario la invades, la sorprendes y en esa incertidumbre no te va a entender. Llevemos esto al baile. ¡Mira! Primero buscas su pie, la detienes y luego haces el movimiento. Si antes no haces contacto será difícil que ella adivine que quieres comunicarte. Como cuando quieres hablarle: primero la llamas, y sólo cuando ves que ella te escucha, hablas, de lo contrario antes o después tendrás que gritar. Esto es lo mismo. Y tú (a mí) ten en cuenta que cuando te llama tienes que detenerte y escucharlo, si no, para que lo escuches te va a gritar. Y si están bailando, te va a golpear. Lo voy a mostrar. Acerco mi pie al suyo; ella se detiene para escuchar, hago el movimiento y espero a que ella me conteste. No lo olviden, al bailar están dialogando, nunca imponiendo. Uno habla y después de escuchar el otro contesta.

176

Atención, sólo después de escuchar. Porque en el tango, como en la vida, si no me tomo el trabajo de escuchar, voy a presuponer que sé lo que me van a decir, y nunca contestaré al otro. Sí, acaso, contestaré a mis suposiciones, pero nunca al otro. Así, el diálogo real deja de existir y se convierte en monólogo. Ésto es lo que están haciendo, y esto no es bailar tango, que es una danza de pareja en la que cada uno improvisa de acuerdo al movimiento del otro.

Clase 5

Hoy no tengo ganas de ir a clase; en realidad no tengo ganas de ir a ninguna parte. Yo no entiendo qué está pasando, pero siento que mi pareja se acaba. Desde hace un tiempo discutimos por todo y no hay manera de poder hablar de lo que pasa. Son infinitos los reproches mutuos que impiden el diálogo. Es como si habláramos distintos idiomas y una dolorosa distancia, mezcla de rencor e indiferencia, se está clavando entre nosotros.

Este silencio, no sé cómo ni cuándo empezó, pero crece cada vez más y parece imposible detenerlo. Nunca pensé que después de tanto tiempo de complicidad y cercanía llegaría el momento en que aun estando juntos no nos pudiéramos encontrar.

Mejor me cambio de ropa y voy a clase, porque con darle vueltas en la cabeza no gano nada y si nos quedamos solos en casa la distancia se hace insoportable.

–Hoy no vamos a aprender ningún paso nuevo.

Creo que es importante que sepan qué están haciendo. Si no entienden qué es bailar tango, si no entienden su sentido, podrán hacer los pasos, pero nunca van a bailar tango. El tango es una danza de pareja abrazada con un abrazo que es contención, no estrujamiento. Abrazar es dar con los brazos abiertos y el que da con los brazos abiertos recibe con todo el cuerpo. Así unidos, los dos integrantes se desplazan en el espacio; pero no es un espacio cualquiera. Al contrario, es un espacio creado por los dos. Como dicen los Dinze: "El tango niega las matemáticas porque uno más uno no son dos sino uno, que es la pareja, o son tres, porque son él, ella y un tercer volumen". Uno o tres, ¡pero nunca dos!

Es un verdadero diálogo corporal y amoroso, donde los dos manejan la autodeterminación y donde también hay momentos de silencio, un silencio que necesariamente forma parte del diálogo, que lo enriquece si quieren, pero que nunca lo anula. En este diálogo, los dos pueden proponer, porque aunque uno tome la iniciativa del primer movimiento, de acuerdo a como sea la respuesta, ya sea por velocidad, amplitud o dirección, es el siguiente movimiento. Por eso hay que aprender a vivir el error como posibilidad de enriquecimiento.

Si esto no hubiera sido así, el tango no existiría. No deben enojarse ante una falla, busquen el contacto con el otro e intenten crear juntos. Finalmente el tango también es una forma de autoconocimiento, porque así como en nuestra vida de relación, ya sea como amigo, amante o padre, conozco mi calidad de tal a partir del otro, en el tango puedo ser un protector o un protegido, un dominado o un dominador, puedo ser infinitamente tierno, violento o tal vez la mezcla de todo eso, y mi pareja está allí para mostrármelo. Esto que planteo no es fácil, pero sólo cuando lo entiendan podrán bailar, y además, de una manera distinta cada día: a veces con violencia, otras con ternura, otras en verdadero éxtasis, pero seguro no interrumpirán la danza.

Mientras volvíamos caminado a casa, las palabras de Julio retumbaban dentro de mí. Era como si las frases hubieran tomado forma corporal y danzaran en mi cabeza, ocupándola, ordenándose, tomando armonía y sentido:

"El abrazo es contención, no estrujamiento... tomen el error como posibilidad... si no le doy espacio él se lo va a tomar... mi pareja está allí para mostrarme cómo soy... El encuentro es diálogo, no imposición; el diálogo es escuchar al otro, no suponer; el abrazo es dar espacio, no atrapar; el tango es dialogar... dialogar... dialogar."

Hoy releo estos viejos apuntes. Los encontré en el cajón de una cómoda que había quedado en el sótano después de la mudanza. ¡Cuánto tiempo ha pasado! ¿Diez años? Sí, creo que sí. En aquella época cumplíamos a duras penas dos años de casados y ya llevamos juntos doce. La crisis pasó y efectivamente los dos tuvimos que aprender a vivir juntos, así como aprendimos a bailar tango.

Mientras leo estoy escuchando música y Alberto está terminando de arreglar el jardín. Por cierto ya terminó, veo que entra.

Está sonando *Danzarín*.

Es el tango que más nos gusta bailar.

–¿Qué estás haciendo? —le digo.

–Estoy pensando que tengo muchas ganas de abrazarte... ¿Nos bailamos un tanguito, mi vida?

Lic. Julia Atanasópulo García

¿No te parece una joyita?

Creo que dice poco o más o menos lo mismo que nosotros pero en lugar de relacionarlo con la pareja lo refiere al baile. Me encanta.

¿Lo incluimos en el libro?

Besos,

Fredy

A Roberto le encantó el planteamiento y hasta pudo prescindir de que el texto viniera de Fredy. Subió el cursor hacia el comando *Edición* y pulsó la opción *Seleccionar todo*. Luego lo copió en una hoja nueva de su procesador y eliminó la última parte del mensaje. En lugar de la despedida de Fredy, Roberto escribió:

¿No te parece una joyita?

Me parecía cuando lo estaba leyendo que hablaba de ti y de mí. Sentía que describía nuestro encuentro y que en lugar de vincularlo con una relación entre dos adultos que se conocen y se quieren, lo refería al baile. Me encanta. También nosotros aprendimos a danzar juntos a lo largo de esta danza que es escribir este libro. También nosotros, creo, debimos aprender a abrazarnos, a contenernos, a no empujarnos, a no atropellarnos... también nosotros podemos seguir aprendiendo a bailar juntos. ¿Me acompañas en este tango?

Te mando un beso y un abrazo "arrabaleros".

Fredy

Revisó lo escrito, lo recortó y lo pegó en el mail que con el título "Tango" envió después a *carlospol...* desde *trebor...*

La respuesta de Laura llegó a la noche del día siguiente y por un momento lo hizo estremecer. Debía ser más cuidadoso, el mensaje empezaba diciendo:

Fredy:

Qué es eso de "para estrenar tu nueva dirección electrónica"? Mi nueva dirección? No soy yo la que cambió de lugar, fuiste tú! Habrás querido decir "para estrenar mi nueva dirección elegí... etcétera". Me parece que con tanto viaje ya no sabes si te vas o te quedas, si estás o te fuiste, si eres tú o eres el otro.

De todas maneras me divertí mucho con tu confusión; me preguntaba qué dirían tus pacientes si supieran que no sabes ni dónde estás.

Decididamente debía leer los mails con más cuidado si quería seguir jugando este papel de administrador del correo. El mensaje seguía:

Me pareció fascinante la idea de tu amiga Julia. Es increíble cómo se relaciona, no sólo con nuestra relación sino con todo lo que sostenemos y trabajamos.

Después de leer lo del tango fui a la carpeta donde guardo algunos de los apuntes que tomé cuando preparábamos la presentación de Cleveland y encontré nuestro " Programa de trabajo dirigido a personas con dificultades para estar en pareja", ¿te acuerdas?

1. Desarrollar nuestra capacidad de amar.
2. Abandonar la expectativa de perfección.
3. Encontrar el equilibrio entre entrega y privacidad.
4. Desarrollar la intuición para dejarnos guiar por ella y a veces por la de nuestro/a compañero/a.
5. Trabajar con las dificultades de dar y recibir, conectados a las necesidades verdaderas.
6. Privilegiar los mensajes del cuerpo, las situaciones placenteras versus las ideas de lo que "está bien".
7. Trabajar honestamente para ver hasta qué punto estamos dispuestos a dar lo que tenemos aunque nos cueste y no sólo lo que nos sobra, a ceder espacio y tiempo para la relación, a dejar el centro absoluto del universo.

¿Te das cuenta? Es lo mismo.

Estoy muy impresionada y muy feliz.

Te quiero mucho. Besos a Julia cuando le escribas.

Laura

Roberto bajó el mensaje a su procesador y quitó la primera parte del texto. Antes de reenviarlo borró del final el "Te quiero mucho" y después también eliminó el "y muy feliz"; había decidido que algunas palabras de Laura las iba a reservar sólo para sí.

Toda esa noche y gran parte del día siguiente estuvo reflexionando acerca del papel que esta situación le otorgaba, se encontró pensando que a los usos de la relación entre Laura y Fredy esa casilla intermediaria funcionaba como un Dios de infinito poder. A su antojo *trebor* podía cambiar, agregar, quitar, producir y distorsionar la información que cada uno recibía y, de alguna manera, manipular ciertas respuestas, pensamientos y acciones sin que ellos siquiera se enteraran.

A pesar de lo que cualquiera pudiera pensar, no era su intención hacer daño. Con respecto a Fredy, porque la jugada con Farías había sido suficientemente malvada como para canalizar toda su rabia (de hecho ya se estaba arrepintiendo un poco). Y con respecto a Laura, porque su único deseo era no perder contacto con ella.

trebor era solamente la única forma segura de mantener esa relación con Laura.

Libro tercero
carlospol@

Capítulo 11

Laura terminó de cerrar la puerta de su casa y se dio cuenta de que Ana se había ido sin su carpeta de dibujo. Sonrió mientras reordenaba su día para hacerse el tiempo de pasar por la escuela a dejarle la carpeta a su hija.

El agua para el té debía estar a punto, así que se apuró para llegar a la cocina y una vez que estuvo allí escuchó el clásico ruido del agua al romper el hervor. Giró la perilla de la estufa para apagar la llama y enseguida abrió la caja donde guardaba el té. "¿Cuál?", pensó mientras miraba los diferentes sobres de todos los colores ordenados prolijamente en dos hileras.

Miró por el gran ventanal que daba al jardín y decidió que tomaría el Ensueño, una mezcla de té negro, menta y canela.

Le encantaba haber descubierto los diferentes sabores y tipos de infusiones posibles.

En tanto que sumergía el saquito en la taza con agua caliente, "recordaba" aquel lugar donde nunca había estado y que sin embargo ocupaba en su imaginación el espacio de un puerto soñado y lleno de magia: las teterías del Albaizin en Granada.

Laura se había enterado de su existencia por el

relato de Claudia hacía cinco o seis años. Su paciente volvía de un larguísimo viaje por España y había usado gran parte de sus tres primeras sesiones desde el regreso para hablar de la movida andaluza y de "las teterías".

Giró la cucharilla dentro del té, alzó la taza frente a su nariz, cerró los ojos y olió profundamente...

Desde el Paseo de los Tristes subió las viejas calles del Albaizin hasta la plaza de San Nicolás, miró por un rato largo las torres de La Alhambra y después bajó por entre las rústicas casas adentrándose en el antiguo barrio de la morería. Los pequeños locales, apenas más grandes que un quiosco ofrecían esa combinación embriagante de música marroquí, olores intensos, colores difusos y formas ajenas. Cortinas con arabescos insinuaban las incómodas mesas donde los miembros de la familia servirían un centenar de sabores diferentes de té, en vasos de sobrecargados dibujos en dorado y diminutas teteras individuales de bronce repujado.

Claudia la había llevado en ese recorrido tantas veces que cuando años después Laura se encontró con Alfredo en Cleveland, compartieron la conversación sobre el barrio moro de Granada como si hubieran paseado juntos por cada calle y juntos hubieran entrado en Marraquesh, la mejor (acordaron) de todas las teterías.

El recuerdo de Fredy la condujo al libro; le debía todavía la lista bibliográfica sobre parejas.

Con un pequeño esfuerzo resistió la tentación de levantarse con la taza en mano para ir a su escritorio. Durante años había trabajado sobre sí misma para conseguir no interrumpirse haciendo más de una cosa

188

a la vez, sobre todo cuando aquélla era placentera. Así que terminó sin urgencias su té y recién después estuvo frente a la biblioteca.

Miró lentamente los cuatro muebles cortados a medida en madera oscura que tapizaban las paredes del cuarto, desde el piso hasta el techo. Por primera vez notó que casi todos los libros que habitaban su casa hablaban del mismo tema. Salvo por seis o siete novelas y algunos libros de cuentos cortos, los estantes estaban inundados de centenares de tratados, manuales y apuntes sobre psicología y terapia de parejas. Libros en inglés, francés, castellano o portugués que muchas veces repetían con cierta impunidad plagiaria las mismas cosas y otras tantas se contradecían ostensible e irreconciliablemente.

Fue tomando los libros de la biblioteca y dejándolos en una pila sobre su escritorio. Y cuando la torre pareció tambalear amenazando caer, Laura empezó la construcción de una segunda Babel. Y luego una tercera al lado de las otras dos, que quedó por la mitad, más por renuncia que por satisfacción.

Laura se sentó en su sillón de cuero y empezó a revisar los libros. Uno por uno los tomaba del pilón, los acariciaba, los abría y leía algunos párrafos al azar.

Cada frase le recordaba momentos de su vida personal y profesional, épocas enteras donde buscaba en esos mismos libros respuestas a su dolor interno o tiempos de fascinación al retornar de los talleres de la Nana, de Welwood, de Bradshaw o de los Resnik con las valijas llenas del sobrepeso producto de las últimas publicaciones recién compradas, de los folletos recogidos, de los artículos fotocopiados y, por supuesto, de sus propios apuntes tomados durante los seminarios para tratar de retener cada palabra dicha por los maestros (como ella los llamaba), tan pertinentemente elegidas para cada ejercicio, para cada exploración, para cada concepto.

Cerca del mediodía, sobre el escritorio quedaba apenas una veintena, los demás habían vuelto a su lugar en la biblioteca.

Prendió la computadora y escribió la lista:

Bibliografía:

Los diálogos del cuerpo, de Adriana Schnake.
Esta noche no, querida, de Sergio Sinay.
Las tramas del mundo, de Luis Halfen.
El asistente interior, de Norberto Levy.
El amor y la soledad, de Krishnamurti.
El arte de amar, de Erich Fromm.
La lección de Ondina, de Emilio Rodrigué.
El libro del dolor y del amor, de Juan David Nasio.
Knowing Woman, de Claremont de Castillejo.
Te quiero, pero..., de Mauricio Abadi.
Creating Love, de John Bradshaw.
Si me amas no me ames, de Mony Elkaim.
The Invisible Partners, de John Sanford.
In Search of Good Form, de Joseph Zinker.
Tantra, espiritualidad y sexo, de Osho.
El camino abierto del amor, de Osho.
Challenge of the Heart, de John Welwood.
Love and Awakening, de John Welwood.
El fututo del éxtasis, de Alan Watts.
El tao del amor y el sexo, de Jolan Chang.
Nudos, de R. D. Laing.

La sabiduría de la no evasión, de Pema Chodron.

El buen uso erótico de la cólera, de Gerard Pommier.

Recibiendo el amor que quieres, de Harville Hendrix.

Body, Self, and Soul, de Jack Lee Rosenberg.

Quién soy sin mi pareja, de Blachman Garvich y Jarak.

Laura terminó de escribir la lista y fue a su cuarto a ponerse la ropa y los tenis que usaba para aerobismo. Puso la carpeta de dibujo en la mochila y salió a disfrutar del paseo. Si apuraba un poco el paso llegaría justo a la hora del último timbre para comer una ensalada con Ana en la cafetería de la escuela.

¿Dónde andaría Fredy? ¿Estaría en España, en Uruguay, en Chile?

Casi siempre envidiaba esta vida que Alfredo llevaba: un día cualquiera, y sólo porque él lo había decidido, se subía a un avión, a un automóvil o a un barco y partía. A menudo Laura asociaba esto con algo que había venido observando en muchos de sus pacientes hombres:

CONSERVAR CIERTOS ESPACIOS DE INDEPENDENCIA
LOS VOLVÍA TOTALMENTE DEPENDIENTES.

¿Qué pasaría con tanta factibilidad si un día Carmen decidiera que no quería quedarse más en la casa, si pensara que estaba harta de la familia y de los niños? ¿Qué sucedería si un día ella renunciara definitivamente a hacerse cargo de los impuestos, de las reparaciones domésticas, de los servicios mecánicos de los autos, etcétera, etcétera?

Alfredo Daey era muy reconocido dentro y fuera de Buenos Aires, pero... ¿sería todo esto sin Carmen? Laura estaba segura que no.

Como todos los hombres, Fredy tenía para con su esposa esa gratitud difusa y "globalizada" que a cualquier mujer pensante le resulta absolutamente insignificante y a cualquier persona con cierta dignidad le suena encubiertamente menospreciadora.

Algo debía estar cambiando porque si todo hubiera sido suficientemente satisfactorio, quizá Carmen no habría decidido volver a la universidad.

Ahora mismo Laura se preguntaba si este cambio de actitud en los últimos mails de Fredy, esta actitud casi seductora que tenían sus mensajes, no tendría relación con ese otro cambio, el que ella adivinaba gestándose en Carmen.

Sin embargo, y más allá de lo que le pasara a él, ¿qué le estaba pasando a ella con esta nueva situación?

Después de separarse de Carlos, Laura había creído que su etapa de búsqueda de pareja estaba cancelada. Su primer matrimonio con Emilio había terminado en catástrofe y había salido al mundo después de un tiempo muy oscuro con la idea de que debía encontrar a alguien totalmente diferente. Así fue como se enamoró de Carlos. Tres semanas después de conocerse ya planeaban vivir juntos y en otras tres semanas, Laura ya sabía que entre Emilio y él no había grandes diferencias, aunque los resultados fueran notablemente mejores. Quizá ella había aprendido. Algún tiempo después se enteraría de que su experiencia era la de la mayoría de las personas que se vuelven a casar: las segundas parejas no son demasiado distintas de las primeras, de hecho han sido elegidas para representar el mismo papel en nuestra vidas; es el cambio de la propia actitud la que puede llegar a producir el despertar.

Recordaba la frase de Gurdieff: "Para estar vivo de verdad debes renacer y para eso antes debes morir y para eso antes debes despertar".

La separación con Carlos fue, a su modo, el broche de oro a una relación maravillosa de la cual ambos habían cosechado resultados maravillosos, empezando por sus dos hijos y siguiendo por el desarrollo personal de cada uno. Una separación adulta entre dos adultos que deciden no convivir más. Todo muy hablado, muy trabajado en terapias individuales, en terapias de pareja y con los tiempos necesarios para agotar todos los recursos y darse todas las oportunidades.

Todo tan cordial que a veces se preguntaba si no habría sido una exageración su segundo divorcio.

Salvo por la falta de convivencia y la de sexo, Carlos y ella tenían de hecho una relación que pondría de todos los tonos de envidia a amigas, pacientes y vecinas (que todavía hoy ponían caras cuando espiaban por su ventana algunas entradas y salidas del padre de los niños).

Laura había pensado que si no podía convivir felizmente con Carlos, a quien quería y valoraba, decididamente no podría hacerlo con nadie. Acaso por eso desde su separación y hasta ahora no había vuelto a pensar en una pareja ni siquiera ocasionalmente. Sólo había habido espacio para unos pocos encuentros placenteros y fugaces: explosiones de su femineidad y de

193

su capacidad de gozar, disfrutar de su propio cuerpo y del contacto con el cuerpo del varón, que siempre había celebrado como su mejor complemento en sentido horizontal.

Querido Fredy

Te mando la lista bibliográfica que me pediste. Me parece que me excedí un poco en la cantidad de libros pero espero que tú recortes lo que te parezca y agregues lo que falte.

También te mando mis comentarios sobre el tema de segundos matrimonios que me parece fundamental, no sólo porque cada vez somos más, sino también porque encontré demasiados huecos sobre el asunto en la bibliografía y me dio la sensación de que era uno de esos temas de los que no se habla. Obviamente si nuestros colegas sostienen aquella absurda posición de "la persona adecuada", entonces los intentos de matrimonio subsiguientes al primero no son más que parte de la búsqueda. Durarán, según esta postura, sólo aquellas parejas que "se hayan encontrado" mientras que todos los demás seguirán en el interminable camino buscando o, peor aún, lo harán hasta que se cansen, y de allí en más someterán a sus parejas inevitablemente al plan de Procusto (cortándole las piernas si la cama les queda chica o estirándolos en el potro si les sobra espacio).

Te escribo a continuación lo que estuve pensando sobre el tema.

Cuando una pareja se separa, los papás y las mamás, cada uno por su lado, comienzan a tener un tipo de vínculo con sus hijos donde la relación que era de tres pasa a ser de dos, el hijo con el papá y el hijo con la mamá. Estos vínculos comienzan a tener ciertas características y rutinas. Los hijos se acostumbran a una nueva relación de dos bastante rápidamente y por lo tanto la díada está establecida antes de que aparezca la posterior pareja.

Entonces se da la situación inversa a la de la familia original, en la cual la relación de los padres precedía a la llegada del hijo. En los segundos matrimonios la nueva pareja es el tercero que aparece, pues la relación con el hijo ya está dada y esto crea dificultades específicas que es bueno conocer para saber cómo manejarse, tanto más en las familias ensambladas donde cada uno de los cónyuges llega al nuevo matrimonio con hijos de una pareja anterior.

Sería bueno sincerarnos de entrada: los "padres" recién llegados no van a tener la misma relación con sus hijos carnales que con los hijos de su pareja y, evidentemente, el amor que sentirán los hijos por los padres biológicos es diferente del cariño que podrán tener con la pareja de su papá o su mamá.

Aceptar esta realidad puede ser doloroso, porque tanto los nuevos padres como los nuevos hijos se sienten rechazados. Gran parte de las dificultades aparecen porque las nuevas parejas se casan con la fantasía de volver a tener la familia que deshicieron. Los conflictos surgen entonces cuando se comienzan a ver las diferencias entre la realidad y aquella expectativa. Como siempre, en la medida que aceptemos la situación como es, podremos tener un buen desarrollo junto con los hijos de ambos y los hijos en común.

Es decir, si bien en la convivencia el padre o madre recién llegado puede ocupar el lugar de papá o mamá por cuestiones prácticas de funcionamiento de la familia, esto no quiere decir que lo sea.

Muchas veces los hijos, incluso los padres, tienen resistencia a otorgarle poder al padre o madre recién llegado, y esto crea problemas de base.

Por eso afirmamos que es muy importante y urgente hablar de estos temas de fondo con la pareja, porque estos problemas estructurales aparecen disfrazados de problemas de convivencia, donde muchas veces no saben por qué están peleando.

Y el fondo de la cuestión es el lugar que ocupa cada uno y el poder que tiene cada uno en la familia.

Habrá que tomarse el trabajo de definir claramente y desde un principio el lugar de cada uno y el tipo de relación que eligen tener, para luego conseguir que esto quede claro para todos, evitando así confusiones y malos entendidos.

Recordemos que en el mismísimo momento en que el volver a casarse significa para el adulto el final de una época de soledad y por ello un motivo de alegría, para los hijos implica el comienzo de otra etapa difícil que se viene a sumar al actualizar las pérdidas sufridas a raíz de la separación de sus padres o muerte de alguno de ellos.

A muchos hijos se les crea un enorme problema de lealtad:"Si quiero a la nueva pareja de mi mamá, estoy traicionando a mi papá".

Todos estos temas se pueden manejar en la medida en que sean hablados. El problema es que no se hablan y quedan como gestalts incompletas que interfieren en la convivencia.

Una familia ensamblada crea situaciones difíciles de resolver, y no esperar que no aparezcan ayuda a aprender a convivir con tales problemas. Dice Zinker: "Algunas diferencias son irreconciliables y deben ser aceptadas así. Uno puede amar y respetar a su compañero y aprender a aceptar la realidad existencial de que no todos los problemas se pueden resolver. El cine de Hollywood y la mayoría de los movimientos de crecimiento personal nos venden el mito de que todos los problemas interpersonales tienen solución."

Es verdad, hay cuestiones que no se resuelven. Sobre todo si la resolución pasa por que suceda lo que es imposible. La salida es aprender a convivir con esas diferencias y conectarnos con los puntos de unión, disfrutar en las áreas que podemos compartir y aceptar que hay pérdidas que no se compensarán en las próximas parejas, que hay necesidades de nuestros hijos que no las podemos cubrir con nuestra pareja actual.

La inteligencia de una pareja pasa por disfrutar lo que se da y no pelear para que se dé lo que no puede darse.

Esta actitud, de paso, se acerca bastante a mi idea del mejor amor.

Un beso.

Lau

Capítulo 12

Laura se levantó con la idea del libro rondando en su cabeza. Ella había empezado tentada por aquella ocurrencia de Alfredo de editar juntos algo sobre parejas, pero ahora que la semilla había germinado en su mente y en su corazón, las ganas eran propias (quizá más propias que ajenas porque la colaboración de Fredy era poca y lenta) y era ella misma la que bullía con la fantasía de ver el libro publicado.

Fredy se había comprometido a ordenar los mails que ella había ido mandando y a mezclarlos con sus propias ideas y con el trabajo que habían presentado juntos en Estados Unidos.

Hizo un repaso de los temas sobre los cuales habían escrito y se dio cuenta de que habían vuelto una y otra vez sobre algunos puntos mientras que no habían más que rozado muchos otros.

Encendió la computadora y empezó a escribir.

Querido Fredy:
Te cuento que me levanté hoy "con todas la pilas", como dice mi hija, para ver nuestro libro terminado. Sentí ganas de trabajar en la visualización del producto listo. Empecé a fantasear con que llegaba

a una librería muy grande y muy importante en compañía de mi madre. Quería en mi sueño compartir con ella la primera vez que veía el libro publicado. Creo que es la persona que más se merece ese honor, por su dura experiencia de vida. Y cuando quise verlo me di cuenta de que no podía ni imaginármelo en la vitrina, porque ni siquiera sabemos todavía cómo se llamará.

Me gustaría que habláramos sobre el título del libro.

He aprendido en mi profesión y en mi vida qué cierto es eso que tú siempre dices, que sólo se controla aquello a lo que se le puede poner nombre.

Quizá esta necesidad de soñar o poder volar imaginariamente al futuro sea producto de alguna limitación personal. Si es así quiero poder aceptarla como parte de mí. Aunque tal vez no sea una limitación exclusivamente personal, a lo mejor tiene que ver con mi condición de mujer y, en ese caso, no sólo quiero aceptarla como tal sino que creo que empezaría a sentirme orgullosa de ella.

Sería interesante incorporar en el libro el tema de lo masculino y lo femenino en hombres y mujeres. Exponer un poco lo que sabemos de los hemisferios izquierdo y derecho del cerebro ayudará a entender y aceptar que desde diversos aspectos, algunos meros determinantes biológicos, SOMOS diferentes.

Es sabido que la mayoría de las mujeres tienen preponderancia a la mirada holística y los hombres a la mirada focalizada.

La mirada masculina tiene que ver con la actitud

199

de dividir, analizar, focalizar, cambiar, en fin, con lo activo, que los neurobiólogos suelen identificar con la función del hemicerebro izquierdo (el dominante). La mirada femenina, en cambio, tiene más que ver con la conciencia de unidad, la capacidad receptiva, de espera, con la predisposición para entablar relaciones, soñar y crear (funciones aparentemente de jerarquía para el hemicerebro derecho).

En *La enfermedad como camino*, refiriéndose al cerebro, Dethlefsen y Dahlke dicen: "Uno y otro hemisferio se diferencian claramente por sus funciones, su capacidad y sus respectivas responsabilidades. El hemisferio izquierdo podría denominarse el hemisferio verbal, pues es el encargado de la lógica y la estructura del lenguaje, de la lectura y la escritura; descifra analítica y racionalmente todos los estímulos de esta área, es decir, que piensa en forma digital. El hemisferio izquierdo es también el encargado del cálculo y la numeración. La noción del tiempo se alberga asimismo en el hemisferio izquierdo.

En el hemisferio derecho encontramos todas las facultades opuestas: en lugar de capacidad analítica, la visión de conjunto de ideas, funciones y estructuras complejas. Esta mitad cerebral permite concebir un todo partiendo de una pequeña parte. Al parecer, debemos también al hemisferio cerebral derecho la facultad de concepciones y estructuraciones de elementos lógicos que no existen en la realidad. Aquí reside también el pensamiento analógico y el arte para utilizar los símbolos. El hemisferio derecho genera también las fantasías y los sueños de la imaginación y desconoce la noción del tiempo que posee el hemisferio izquierdo".

Creo que es evidente que en las mujeres parece predominar el hemisferio derecho y en los hombres el izquierdo.

Norberto Levy dice: "Así como existe una relación de pareja con otro ser humano, existe una relación de pareja interior entre los aspectos femeninos y masculinos de la propia individualidad".

Todos estamos constituidos como polaridades. Tenemos aspectos masculinos y femeninos, activos y pasivos, débiles y fuertes. El asunto es que si nos identificamos culturalmente con uno solo de estos aspectos polares proyectaremos el otro en el afuera.

La confusión que se da habitualmente es creer que mi pareja es la causa de mi conflicto, sin darme cuenta de que es un conflicto interno entre dos aspectos polares que vengo acarreando, sin hacerlo consciente.

Es la misma energía que uso en pelearme con mi pareja la que necesito para descubrir qué me pasa a mí con el asunto.

A veces me pregunto si muchas dificultades que tienen las parejas no estarán en última instancia ligadas a la no aceptación de la diferencia de miradas entre el hombre y la mujer.

Uno no puede dejar de preguntarse con Gray ¿cómo se armonizan dos personas que viven en mundos diferentes? ¿Cómo se pueden comunicar un hombre y una mujer si están en diferentes frecuencias?

Respuesta: sólo si pueden abandonar la idea de que hay un único punto de vista.

Es nefasto creer que el mío es el único lugar de análisis, aunque es peor aún dejarme convencer de que el tuyo es lugar de la mirada privilegiada. Es imprescindible incorporar las dos maneras de estar en el mundo, para integrase como personas y con el otro.

Respeto mi identidad y mi forma de ser en el mundo y, a partir de allí, doy y reclamo respeto.

Hablando desde lo personal, yo diría que tendencialmente funciono en la conciencia difusa y soñadora, y de hecho mi trabajo personal de los últimos años es incorporar la conciencia focalizada.

Escribo esto y me río porque me imagino que todas mis parejas de los últimos años coincidirían en decir que no se notaron resultados de mis esfuerzos por incorporar la lógica en mi vida...

El problema en el contacto es que, si no tengo la flexibilidad de ir de un nivel a otro, cuando estoy instalada en uno de ellos tiendo a repudiar a mi compañero.

Si me lanzo a la aventura de entender tu cabeza, incorporo cosas nuevas pero sobre todo te incorporo a ti.

El desafío de la pareja pasa por abrirse a una forma diferente de estar en el mundo e integrarla en mí mismo. Abrirse a un pensamiento nuevo, a una manera diferente de encarar la vida. El amor empieza cuando descubro al otro. Ya no es una idea de lo que debería ser, es alguien nuevo que me sorprende con su originalidad.

Allí comienza el amor, con la sorpresa, con el descubrimiento, mientras que si trato de encajar al otro en mis viejas ideas, no pasa nada.

Abrirse al amor es abrirse a lo nuevo...

Amar es abrirse a lo real.

Laura

Y antes de enviarlo agregó:

PD: ¡Exijo tus aportes!

Laura sonrió y caminó hacia el jardín para disfrutar de un rato de sol antes de irse a su consultorio.

Se recostó en el sillón y se puso a pensar en las citas de esa tarde: Héctor y Graciela, Marcelo y Patricia, Javier y Analía, Hugo y Beatriz, Armando y Carla.

Con Héctor y Gra estaba todo bien, ambos habían sintonizado la onda de escucharse para construir juntos y las cosas se iban acomodando ahora, casi sin su participación.

Marcelo y Patricia habían empezado hacía una semana; él había aparentado ser un tipo fresco y agradable, ella parecía demandante y ansiosa. Laura pensó que debía prestar atención para corroborar esa primera impresión.

Javier y Analía asistían a consulta debido a sus discusiones permanentes; desde el principio Laura intuyó que eran un clásico ejemplo de problemas personales traídos a la pareja y había decidido verlos en función de la pareja pero con entrevistas por separado. Hoy vería a Patricia, ella estaba trabajando su tortuosa relación con su padre, un alcohólico violento y desafectivizado, para tratar de no desplazar sus reclamos a Javier, quien muchas veces inocentemente (y otras no tanto) pagaba los platos rotos de aquella relación mal elaborada de su esposa.

En muchos aspectos Beatriz y Hugo eran una pareja especial, principalmente por la identificación que Laura sentía con Beatriz (en muchísimas cosas la vida de Beatriz y la de ella se parecían, los planteamientos existenciales de ambas eran coincidentes y sus pretensiones idénticas), pero también eran especiales porque ambos eran personas con ángel y hacían de esta sesión semanal una hora diferente.

Muchas veces había pensado en derivarlos, sin embargo ni Beatriz ni Hugo habían aceptado nunca su propuesta de ver a otro terapeuta, quizá justamente por esta afinidad que se percibía en sus encuentros, y Laura se había dejado seducir por la idea de seguir con ellos. Actualmente pasaban por un momento muy reflexivo; los dos terminaban de descubrir que podían concederse espacios de no-control y disfrutar de las consecuencias. Beatriz había vuelto a tomar clases de pintura y Hugo había encontrado en esas ausencias de su mujer el espacio para navegar por el mundo de internet en lugar de estar poniéndose paranoico con "los otros" con los cuales ella se encontraba.

La preocupación de ese día venía de Armando y Carla. En lo íntimo de su pensamiento Laura no entendía para qué seguían juntos. Tenían una de esas relaciones "Yo-Yo", como ella las llamaba. "Vínculos Yo-Yo" eran para Laura aquellos signados por la mezquina actitud de los dos de ocuparse en exclusividad de sí mismos. "Yo-Yo" también porque iban y venían en un subibaja siniestro de peleas, separaciones, encuentros, gritos, insultos y efímeras reconciliaciones. "Yo-Yo" finalmente porque muchas veces se enredaban en anudadas galletas y era imposible saber cómo desenredarlos.

Los dos sabían que se mentían, manipulaban, competían y vivían resentidos. Salían con terceros a escondidas y coqueteaban permanentemente con otros y otras. Sin embargo, se enojaban con Laura cada vez que ella les sugería separarse aunque sea transitoriamente; llenando la sesión de discursos repletos de lugares comunes que justificaran seguir adelante porque "NOS AMAMOS demasiado para separarnos" (?), porque "yo sé que ella es la mujer (o el hombre) de mi vida", porque "cuando una ama debe luchar hasta el final por lo que ama", porque "no podría vivir sin él (o sin ella)"... etcétera... etcétera... Y Laura amagaba una pequeña insistencia y luego un poco se resignaba, otro poco aceptaba sus limitaciones y un poco más se preguntaba si después de todo no tendrían razón y era ella o toda la ciencia la que estaba equivocada en los sofisticados análisis psicosociológicos de cada vínculo.

Después de todo —terminaba preguntándose— ¿quién podía asegurar que separarse sería mejor para ellos que seguir adelante? ¿Sería universalmente cierto que era mejor estar solo que mal acompañado?

A lo mejor Armando y Carla tenían razón y Laura debía replantearse todas sus teorías sobre las parejas.

Se levantó del sillón decidida a tener más cuidado en las próximas sesiones; la situación la involucraba personalmente y quizá era esa connotación lo que la condicionaba para evaluar la pareja como inviable.

Debía estar alerta para no contaminarse.

En cierto modo, ella misma no estaba en pareja porque no aceptaba una relación mediocre y convencional, ella jamás había podido sostener un vínculo por el vínculo mismo, ella siempre había pretendido más.

El resto del día transcurrió sin sorpresas y hasta la sesión con los conflictivos Armando y Caria resultó interesante y productiva.

Laura regresó a su casa satisfecha con su profesión y su especialidad.

En la computadora le esperaba un mail:

Lauri:

Me quedo pensando en tus ideas.

Cada día te percibo más clara y más sabia.

Te adjunto algunas cosas que leí y que estuve pensando.

Dice Castillejo que hay tres razones principales que impiden el encuentro. La primera es que a veces tratamos de comunicarnos cuando estamos en distinto nivel de conciencia.

Como tú dices, hay dos maneras de estar en el mundo: una seria, desde la conciencia focalizada, y otra difusa, abarcativa.

La primera tiene que ver con la lógica y es la mirada analítica. La segunda tiene que ver con percibir el mundo holísticamente, como una totalidad, e incluye las emociones y las vivencias; es la mirada experiencial.

Cuando dos personas tratan de comunicarse y una está hablando desde la lógica y la otra desde lo que le pasa, el encuentro es imposible. Es como intentar una comunicación desde dos idiomas distintos, un choque de paradigmas.

Es fundamental darnos cuenta desde dónde me está hablando el otro. Cómo es la manera del otro de pensarse, de pensarme, de pensar lo que nos pasa.

Si yo estoy acostumbrado a ver las cosas desde mi conciencia difusa o desde mi intuición, querer encontrarme en armonía con otro que mira la vida desde la coherencia es, en principio, una pretensión de posibilidad casi nula.

La propuesta es que yo me abra a entender otra manera de ver las cosas, y entonces no sólo podré encontrarme con el otro, sino que incorporaré para mí mismo esa otra manera de estar en el mundo.

Si una pareja plantea un problema y él lo ve desde la lógica y ella desde lo que siente, es muy difícil que se entiendan si antes no perciben y aceptan como punto de partida estas diferencias.

Yo creo que, afortunadamente, en la actualidad hay un cambio: las mujeres están ocupándose de desarrollar el lado masculino y los hombres el femenino.

Como tú bien dices, si yo acepto y respeto tu mirada y la voy integrando con la mía, eso es crecimiento para mí; si la rechazo tratando de convencerte de lo que pienso, me quedo solo e igual a mí mismo.

Sin embargo, esto es lo que hacemos: tratar de que el otro haga las cosas como a nosotros nos parece, sin detenernos a pensar que el otro puede darnos una opción mejor, diferente, nueva..

Con respecto a las otras actitudes que impiden el encuentro, Castillejo habla de la dificultad para estar presentes. Si nos escondemos detrás de disfraces, no podemos tener contacto con nadie, pues nadie puede conectarse verdaderamente con un personaje.

Otra forma de no estar es el autoengaño; las personas no se dan cuenta de lo que les pasa, pero casi siempre tienen una explicación coherente de su sufrimiento, un libreto que justifica todo lo que les pasa pero que realmente no tiene nada que ver con su verdadero dolor. ¿Cómo podría alguien ayudarme o entenderme, si yo mismo estoy confundido respecto a lo que me lastima o a lo que necesito?

El tercer tema es la dificultad para escuchar. Esperar con más o menos paciencia a que el otro termine de hablar sólo para poder decir lo que ya estábamos pensando, no necesariamente es dialogar, sino muchas veces la mezcla y superposición de dos monólogos. En estos casos las personas no se conectan para nada con lo que el otro dice, no se escuchan porque cada uno ya decidió que tiene la razón y, por lo tanto, lo único que están dispuestos a hacer es esperar que sea su turno para poder argumentar y demostrarlo.

Me encantó lo de "Las razones del desencuentro", ¿y a ti?

Te mando un millón de besos.

Chao.

Fredy

PD: Nunca supe qué te pareció el cuento de mi paciente Roberto.

208

El mail que llegaba de *trebor* parecía venir a explicarle lo que le pasaba con la pareja del conflicto. Ella estaba intentando usar su razonamiento y su coherencia para proponer la más pertinente solución, en definitiva, estaba utilizando su mirada lógica. Mientras que entre los dos usaban excluyentemente su mirada emocional y se expresaban desde sus temores, desde sus necesidades infantiles o desde sus demandas insatisfechas. Cuanto más lógica ella se ponía, más irracionales aparecían los planteamientos de la pareja. No en vano cuando Laura dejó de tratar de imponer su punto de vista ellos ablandaron su reticencia para aceptar sus planteamientos de ayuda.

Laura fue hasta su escritorio y empezó a escribir un mail.

Fredy:

Dos cosas:

Primera, gracias por tu último mail (no te imaginas cuánto me sirvió!).

Segunda, estuve releyendo el cuento de Egroj y otra vez, como cuando me lo mandaste, me encantó.

Te mando mis comentarios:

Si de verdad esa historia se corresponde con el mito que él se traza sobre su existencia, tiendo a pensar en Roberto como alguien de gran potencialidad y, sobre todo, con una estructura muy sana.

Siempre he creído que la salud consiste en abrir puertas y ventanas hacia el mundo, y encuentro en el planteamiento del cuento una actitud similar, esta de construir puentes y caminos, recursos que si

209

bien en la historia están hechos básicamente para ver venir (desde el punto de vista "psi": para recibir) indudablemente sirven también para salir, para ir a buscar y aún más para explorar el afuera, recoger, aportar (simbólicamente: dar).

De todas formas, si tuviera que pensarlo en función del niño herido yo intentaría ayudarlo a que mantenga los caminos y los puentes transitables, pero que trabaje buscando lo que necesita "murallas-adentro" y poder utilizar aquellas vías para compartir con el exterior lo que tiene dentro de sí mismo.

Creo escuchar en este relato el de una persona que sigue con la mirada puesta en el regreso de lo que no fue. Y no estoy diciendo que no sea sano animarse a esperar a quien amo; me refiero a lo hermoso que sería no esperarlo dejando que mi corazón se me salga del pecho con la sorpresa de ver venir por el horizonte lo que yo tanto deseaba pero ya no esperaba. Quizá esto ayude a no ser tan exigente con lo que viene hacia mí por el camino.

Porque si espero la fanfarria con las banderolas blancas y los estandartes dorados y llega con paso firme la caravana embanderada en verde y sin estandartes, corro el peligro de no reconocerla, de no darme cuenta de que el desfile viene hacia mí, de dejarlo pasar sin festejo, de vivir llorando porque no fue cuando, en realidad, no supe distinguir que era.

Laura

Se quedó como reiterada en su propia idea: el peligro de no reconocer lo que viene hacia mí porque no se corresponde con la forma en que me lo había imaginado...

Ella también era como Egroj.

Después de haber vivido gran parte de su vida mirando el horizonte había dejado de esperar.

Y eso no era lo inquietante, lo inquietante era... ¿reconocería la escuadra triunfal cuando apareciera en su horizonte?

Como cada vez que tenía algún conflicto interno, llamó a su amiga Nancy.

—¿Cómo estás? —preguntó Nancy inocentemente.

—Más o menos —abrevió Laura.

—¿Por?

—Creo que me pegó muy mal un punto de identificación con un paciente —contestó Laura sabiendo que Nancy, que era colega, podría entender.

—Qué mal —opinó Nancy. ¿De qué se trata?

—Tú sabes que yo tenía cancelada en mi cabeza la idea de volver a estar en pareja, y de repente me encuentro con que el planteamiento de una parejita que atiendo, el mail de un colega y un cuento de un paciente, me hacen repensar mi postura. Y lo peor, negra, es que por primera vez siento que no puedo sostener los argumentos que esgrimía, ni siquiera frente a mí misma.

—Es que tú siempre te refugiaste en una idea demasiado estrecha respecto de tu futuro amoroso —comentó Nancy.

—¿Por qué me dices esto?

—Mira, yo te derivé muchas veces pacientes: hombres, mujeres y parejas, y sé lo entusiasta que eres. A cada persona que te escucha le hablas, le muestras, le insistes y le explicas de la importancia de estar en pareja, de la diferencia de crecimiento personal, del marco ideal de desarrollo humano, de las virtudes irremplazables de la convivencia, etcétera, etcétera, pero para ti parece que usas otro libreto, para ti la dificultad, lo improbable, los condicionamientos, la soledad...

—¡Oye, para! Yo no estoy sola...

—Tú me entiendes lo que quiero decir, Laura, quizá sea hora de repensar tus decisiones. Después de todo —sentenció Nancy— ¡estamos en edad de merecer!, ¿o no?

Y las dos rieron en el teléfono por un largo rato.

Capítulo 13

Fredy:

¿Revisaste la lista bibliográfica que te mandé?

Hay un tema que prácticamente no figura en ninguno de esos libros, yo lo llamo: "La paradoja del amor" o "El dolor del desencuentro". A grandes rasgos es lo siguiente:

La pareja real no puede evitar el sufrimiento. Una se da cuenta y se queda sola "hasta que aparezca" la pareja ideal (que por ser ideal justamente no existe) con lo cual el sufrimiento, lejos de evitarse, reaparece constantemente.

Toda relación íntima en la que podemos abrirnos y lograr encuentro y entrega, pertenece a las cosas más gratificantes que podamos vivenciar; buscamos en ella contacto, amor, intimidad, porque son éstas las situaciones que más nos enriquecen, las que nos hacen sentir vivos, las que nos llenan de fuerza y de ganas.

La paradoja empieza cuando nos damos cuenta de que, al mismo tiempo, son justamente estas relaciones las que nos provocan mayor sufrimiento y mayor dolor, muchísimo más que ninguna otra.

Cuando nos abrimos a la intimidad, al amor, al encuentro, nos exponemos también a sufrir y a sentir dolor.

La fuerza que naturalmente nos empuja a dejarnos llevar por nuestras emociones y a generar el encuentro se enfrenta con la natural tendencia a cuidarnos para no sufrir, porque intuimos, con certeza, que si nos abrimos a una persona esto le concederá al otro la posibilidad de herirnos.

Todos tenemos una personalidad, una coraza que no quiere tomar ese riesgo de ser lastimado y, por lo tanto, se cierra.

El niño necesita el amor de los padres y va organizando su personalidad para conseguir ese amor. Si veo que me dan más atención cuando estoy débil, voy a organizar una personalidad en torno a la debilidad. Si veo que se ponen orgullosos cuando soy independiente, voy a organizar una personalidad fuerte, me voy a decir a mi mismo que yo puedo solo o que no necesito ayuda. La personalidad que creamos nos sirve para funcionar y para lograr que nos quieran. Creamos una máscara y nos identificamos con ella, vamos olvidándonos de quiénes somos y de lo que verdaderamente queremos.

Amor e intimidad sólo pueden darse cuando nos abrimos presentes a alguien; pero esto es imposible si estamos con la armadura puesta, encerrados en nuestro castillo o escondidos en nuestra estructura.

Tampoco es cuestión de descartar esta personalidad; la hemos construido para poder enfrentarnos a algunas dificultades de la vida. La idea es observarla, conocerla y darnos cuenta cuándo nos juega en contra interrumpiendo el contacto verdadero.

Éste es el trabajo que proponemos: observar nuestra manera especial de ser en el mundo, ser conscientes de los papeles en los que nos hemos quedado fijados.

La paradoja continúa porque no hay mejor oportunidad que esta relación íntima potencialmente destructiva para volver a encontrarnos y para deshacernos de nuestras máscaras habituales.

Así, muchas veces, terminamos resolviendo esta paradoja evitando el sufrimiento, impidiéndonos el amor y privándonos del encuentro íntimo.

En nuestro intento de decir no al dolor decimos no al amor. Y lo que es peor, nos decimos no a nosotros mismos.

Cuando nos enamoramos, la inconsciencia del amor nos lleva en un primer momento a abrirnos y a conectarnos con nuestro verdadero ser.

Eso es lo que hace que el enamoramiento sea algo tan maravilloso, porque nos da la oportunidad de abrirnos, de mostrarnos tal cual somos.

El enamoramiento es un encuentro entre dos seres siendo.

Venimos representando papeles, funcionando como robots programados, y de repente el milagro ocurre... Nos sacamos nuestros disfraces y regalamos nuestra presencia a aquél del que nos enamoramos.

Sabemos que esto no dura mucho, antes o después aparecen los obstáculos, las tendencias, los hábitos, las defensas.

Sería bueno aprender que el único camino para superar estos obstáculos es estar allí con ellos en vez de negarlos o proyectarlos en nuestro compañero.

El problema se presenta cuando nos identificamos con nuestra coraza y nos sentimos seguros allí. Nos protegemos de nuestros sentimientos displacenteros aprendiendo a no sentir, a desconectarnos de nuestras necesidades, y las defensas se convierten en una identidad que nos separa de lo que sentimos y nos impide el amor.

En la pareja podemos observar cómo y cuándo nos abrimos y cómo y cuándo nos cerramos con el otro, y al conocer más sobre la desconexión podremos crear un canal para abrirnos.

Las parejas proyectan en el otro el lado que se cierra y transportan aquella pelea interna a una pelea externa. Y entonces pensamos que es el otro el que se cierra, el que no nos deja entrar, el rígido. Si transitamos este camino juntos y con amor podremos, en lugar de reaccionar frente a la reacción del otro, mostrar qué nos pasa cuando el otro se aleja, cuando se cierra. Escuchar de mi compañero qué actitudes mías lo hieren y lo ayudan a alejarse de mí.

Los problemas de pareja comienzan cuando dejamos de estar presentes para nosotros mismos y para el otro; cuando volvemos a escondernos detrás de papeles fijos, de pantallas; cuando comenzamos a sentir el dolor del alejamiento del otro, que muchas veces es una proyección de cómo nos alejamos nosotros.

Cada vez creo menos que la cuestión sea resolver los problemas concretos por los que dicen sufrir las parejas. Si nos metemos más profundamente en cada pelea, siempre llegamos a este punto de la falta de contacto, la falta de apertura.

Si yo puedo abrirme y mostrar mi dolor frente a cualquier problema y mi compañero hace lo mismo, quizá los problemas se vayan acomodando solos en otro plano de conflicto; porque lo más importante será que estamos juntos mostrándonos, en contacto, abriéndonos a lo que pasa. Y eso es muy reconfortante.

Abrirnos y confiar en que el otro nos recibe tal cual somos, es una actitud que viene y nos lleva al amor.

No tengo que disfrazarme de fuerte para que me quieras. Si lo hago nunca sabré si serás capaz de quererme como verdaderamente soy: vulnerable, débil o lo que sea.

Te ato entonces a la imagen de aquellos que durante mi educación me ayudaron a pensar que yo debía ser así o asá para ser querido.

No es fácil llegar al punto de animarme a mostrarme; nos da miedo que nos vean vulnerables, por ejemplo. Pero si soy vulnerable (y por supuesto que lo soy) necesito que aceptemos (tú y yo) mi vulnerabilidad para estar presentes y entregarnos.

Es difícil en la pareja porque los dos jugamos este juego; y si me abro y el otro se cierra, el dolor es muy grande.

Por eso la relación íntima genera tanto sufrimiento, porque estamos cabalgando siempre en esta problemática, en este juego.

Quizá esto ayude a nuestros lectores a observar

217

todo este proceso en sus parejas, y a hacerlo consciente, que es la manera de superarlo, de transitarlo.

Podemos observar la verdadera pelea que se suscita en nuestro interior entre la parte que quiere expandirse, ir hacia afuera, mostrarse, y la parte que quiere esconderse porque tiene miedo de ser descalificada, no querida, rechazada, abandonada.

Los problemas concretos que tenemos con nuestras parejas son una capa más superficial de este problema fundamental que está por debajo de todos los otros. Podemos utilizar los problemas cotidianos como una vía de acceso a estos problemas más esenciales que se juegan todo el tiempo en la relación. Y en este camino nos enriquecemos constantemente, porque nos acercamos cada vez más a nosotros mismos, que es la única manera de sentirnos bien, de sentir amor, paz y alegría; en última instancia, lo que estamos buscando. Porque todos buscamos sentirnos bien, lo que pasa es que tomamos caminos inadecuados.

A veces las parejas me preguntan: "¿Cómo podemos estar juntos si siempre queremos cosas diferentes?".

Y yo les digo que en esencia siempre quieren lo mismo (porque todos queremos en esencia lo mismo), que es poder amarse, unirse, abandonar la armadura y entregarse.

Quizá la salida consista en darnos cuenta de que el camino prefijado ha demostrado ser inútil. Habrá que dejar de lado nuestras viejas identificaciones y buscar un rumbo nuevo todo el tiempo, soltar nuestras viejas estructuras para inventar un camino juntos. Enfrentar el miedo a la confusión y al vacío. No podemos esperar a deshacernos del miedo para avanzar, sólo podemos avanzar con él.

Todas las parejas tienen problemas, asuntos no resueltos. La idea no es arreglar los problemas, porque si nos dedicamos a un problema particular, mañana va a aparecer otro y así sucesivamente. La idea es salirnos del contenido particular del problema y darnos un nuevo contexto para mirar lo que nos pasa; observar los problemas con otra mirada, sin identificarnos sólo con nuestro lado; salirnos de la idea de arreglar las cosas para sacarnos el problema de encima.

Esta propuesta tiene que ver con ir más allá de lo que vemos en una primera mirada y ver cuál es el fondo de la cuestión. De qué estamos hablando realmente, cuál es la verdadera causa de la pelea que se expresa de esta particular manera.

No es fácil colocarnos en esta nueva mirada, porque va en contra de nuestra cultura, que tiende a arreglar las cosas cambiando algo afuera.

Y como el arreglo del afuera nunca es suficiente, solemos echarle una vez más el fardo a la incompatibilidad de caracteres o a no haber incompatibilidad encontrado a la persona adecuada.

La paradoja del amor...

(De paso, si te gusta, quizá hasta podría ser un título para el libro.)

Lau

No quiso releer lo escrito, sabía que hablaba de ella tanto como hablaba de sus pacientes y que denunciar esta situación la dejaba demasiado expuesta. Como decía Nancy, tal vez ella misma había cancelado su proyecto de estar en pareja para resolver la paradoja, y quizá se había equivocado.

A pesar de su inquietud, Laura reconoció sentirse aliviada de haber puesto por escrito su vivencia personal. Quería saber lo que Fredy opinaría después de leer su texto, pocas dudas tenía de que su colega percibiría con toda claridad lo que había de personal en sus planteamientos. Aunque Fredy era tan despistado que nadie sabía cuándo esas cosas podían ocurrir.

Se sorprendió de sí misma cuando, al día siguiente y sin ninguna otra excusa, abrió su administrador de correo buscando la respuesta de *trebor*. Pero más la asombró su frustración al no encontrar mensajes. No era usual que Laura se quedara pendiente de nada, mucho menos de una respuesta.

El asombro se fue convirtiendo en fastidio, la expectativa dio lugar a la ansiedad y la frustración se volvió irritación.

Después de una semana sólo había llegado a su casilla un mail: la invitación para el nuevo congreso de la Asociación Gestáltica Americana.

Quizá Fredy aceptara ir juntos otra vez. Pensó que le gustaría pasar más tiempo con ese hombre con el que tanto se enojaba pero a quien admiraba en muchos aspectos.

–¡Calma, Laura! —le advirtió una voz interior que, ella sospechaba, era la de su madre.

No porque fuera de su madre, pero Laura no pudo obedecer esta vez.

Sentía excitación. Indudablemente había más de lo aparente en esta ansiedad...

A lo mejor debía llamarle por teléfono y simplemente pedirle que leyera y contestara su mail. A pesar de que nunca lo había llamado tenía en su agenda todos los números que Fredy le había pasado en Cleveland. ¿Por qué no?

Buscó su agenda, encontró el número y marcó. El timbre de llamada ya estaba sonando cuando recordó que Fredy le había avisado que no estaría en la ciudad hasta el lunes.

Laura colgó sin esperar que atendiera la contestadora.

Cuatro largos días pasaron todavía antes de que el mensaje de *trebor@hotmail* apareciera en su pantalla.

Laura:
Me alegró saber que algo de lo que te escribo te ha servido personalmente. Lo creas o no esa frase representó un gran halago para mí, valorando como valoro tus conocimientos y experiencia me siento como si Pavarotti hubiera disfrutado de escucharme cantar en la regadera, o casi.

¿Y qué te pasa a ti?

Yo creí que tenías el tema mejor resuelto que nadie, pero después de leer tu último mail me doy cuenta de que, como todos los terapeutas del mundo, eres mucho más hábil con los conflictos ajenos. ¡Qué suerte! Ya nunca más me sentiré solo en esas situaciones de impotencia que hasta hoy llegaban a hacerme dudar de mi idoneidad profesional.

Alentado por tu actitud me animo a más...

221

Estoy seguro de que es un acto de mezquindad de tu parte "retirarte del mercado"; algunas decenas de tipos que conozco matarían a su madre para encontrar una mujer como tú. No estoy dispuesto a admitir que ninguno de ellos te guste o llene tus expectativas.

Mi propuesta es ésta:

EXPLORAR.

Deja acercarse al próximo tipo que aparezca y permítete ver qué pasa. ¿Quién sabe? Quizá...

Pido disculpas si te parece que mi consejo no está a la altura de dos terapeutas como somos, pero siento que a veces lo simple aporta las mejores soluciones.

Tengo dos cosas más para decirte.

Estuve pensando sobre el título del libro. Releyendo lo que me escribiste y a partir de la paradoja, me acordé de una poesía de Margueritte Yourcenar que dice más o menos

> *Amarte con los ojos cerrados*
> *es amarte ciegamente*
> *amarte mirándote de frente*
> *sería una locura...*
> *yo quisiera que me amen con locura.*

Y pensando en esa idea y en el mensaje de nuestro libro, se me ocurrió proponerte que lo llamemos: *Amarse con los ojos abiertos*.

Piénsalo. Me parece que tiene que ver tanto con nosotros...

Y por último algo que no tiene ninguna relación con lo anterior, o tal vez sí.

Te acuerdas de mi amigo y expaciente Roberto (el del cuento de Egroj), bueno, resulta que le leí tus comentarios y se quedó fascinado (más que yo) con tu claridad y tu inteligencia. Y entonces ahí mismo me dijo que quería consultar contigo algunas cosas de su relación de pareja. ¿Podrías verlo aunque sea unas pocas veces para orientarlo?

No quiero que le regales nada. Me gustaría sólo que lo atiendas como un paciente más, le cobres tus honorarios y después, si quieres, me des tu opinión sobre el asunto.

Si tu respuesta es sí, como espero, escríbeme diciéndome a qué número debo pedirle que llame.

Gracias a cuenta,

Fredy

Laura escribió enseguida un breve mail:

...Le había encantado el título inspirado en Yourcenar, sintetizaba en una frase gran parte de lo que querían transmitir.

...Sin lugar a dudas podría atender a Roberto en algunas consultas, mandaba para eso su dirección, teléfonos y horarios de consultorio.

De todo lo demás, su mensaje no decía una palabra. Laura sabía, pese a no mencionarlo, que la invitación que Fredy le hacía sobre "seguir intentando" la había movilizado y que esto la tendría ocupada un buen rato.

Capítulo 14

—Hola, ¿Laura? —había dicho la agradable voz a primera hora del lunes.

—Sí —contestó ella.

—Mire, yo soy el paciente del que le habló el doctor Daey.

—Ah, sí. ¿Qué tal, Roberto?

—Qué agradable saber que usted recuerda mi nombre...

Por un momento Laura no supo qué decir, la respuesta era demasiado intimista para una persona a la que no conocía. A lo mejor se había equivocado al llamarlo por su nombre, quizá se estaba persiguiendo y Roberto estaba sinceramente sorprendido y agradado de no recibir la respuesta fría de una contestadora automática.

Laura recordó la primera vez que se animó a contactar a un terapeuta: después de varios días de tomar valor llamó y una voz metálica le contestó:

"Éste es el consultorio de la doctora H... No podemos atender su llamada. Inmediatamente después del sonido audible deje su nombre, apellido y número de teléfono que le llamaremos en cuanto nos sea posible."

"Inmediatamente después del sonido audible"...

había colgado y abandonado la idea de pedir una cita con la licenciada H...

–Hola Laura —siguió Roberto—, ¿está ahí?

–Sí, Roberto, perdón, ¿en qué lo puedo ayudar?

–Bueno, a mí me recomendó Fredy, quiero decir el doctor Daey. Yo quería pedir una entrevista con usted.

–Déjeme ver... —dijo Laura mientras abría su agenda ¿podrían venir el jueves a las... seis de la tarde?

Se produjo un silencio en la línea y al cabo de unos segundos la comunicación se cortó.

–¿Hola? —intentó Laura sabiendo que sería inútil. ¿Hola?... ¡Hola!

Apretó el botón gris de su teléfono inalámbrico y con el aparato en mano fue hasta la cocina a hacerse un té de naranjas.

Mientras lo bebía, con sorpresa advirtió que se había quedado pendiente de la llamada; la interrumpía la extrañeza de que el paciente no volviera a telefonear enseguida.

Dos veces durante la mañana se acercó al aparato para constatar que la línea funcionaba.

–Ya llamará —se dijo para cerrar internamente el asunto.

Durante el resto del día no se acordó del episodio, pero al anochecer, de regreso a su casa, en el auto pensó que debía escribirle a Fredy contándole el intento fallido de su amigo para conseguir la entrevista.

Afortunadamente no lo hizo, porque el martes cerca del mediodía sonó su teléfono.

–Hola.

–Con Laura, por favor —dijo Roberto.

–Hola, Roberto —contestó Laura con genuina alegría, reconociendo la voz—, ¿qué le pasó?

–Nada, se me cortó la comunicación y después no me pude volver a comunicar en todo el día. Le pido disculpas.

–No, está bien.

–Cuando se cortó le estaba diciendo que Cristina y yo queríamos tomar un horario para verla.

–Sí. Y yo le ofrecí el jueves a las seis de la tarde, ¿les vendrá bien?

–Estoy seguro que sí.

–Bueno, nos vemos pasado mañana en el consultorio. ¿Usted tiene la dirección, verdad?

–Sí, gracias.

–Será hasta el jueves entonces —se despidió Laura.

–Hasta el jueves —dijo Roberto.

En muchos aspectos Cristina y Roberto eran una pareja más, un poco des-pareja, como diría su mamá, pero una pareja al fin. Habían llegado puntualmente el jueves y la sesión había durado casi dos horas. Al final de la sesión Laura sentía que la relación entre ellos estaba terminada hacía tiempo y que los sostenía el recuerdo, la costumbre o no sabía ella qué cosa. No era la primera vez que recibía una pareja que claramente estaba muerta y que en el fondo la consultaban para poder separarse.

Lo que había sido dicho en sesión no era demasiado diferente de lo sucedido en cientos de otras primeras entrevistas anteriores. Sin embargo, Laura se había quedado en un lugar diferente.

Tan así fue que el viernes decidió hacerse el espacio para encontrarse con Nancy a tomar el té y contarle.

–Es raro —abrió la conversación Laura—, durante toda la sesión tuve la impresión de que ella no existía para él. El tipo hablaba casi exclusivamente conmigo, hasta te diría que ni siquiera cruzaba mirada con Cristina.

–Por ahí a él no le interesa nada la relación con ella —arriesgó Nancy.

–Podría ser, pero entonces... ¿Para qué llamó pidiendo sesiones de pareja? ¿Para qué se ocupó de pedirle a Fredy mis teléfonos? ¿Por qué aceptó un nuevo horario para volver a vernos? No cierra.

–Mira —comenzó Nancy muy segura—, en mi experiencia a veces los hombres aceptan estas entrevistas para complacer a sus parejas aunque en realidad van solamente a demostrar que no hay nada para hacer. Quizá el pobre tipo viene siendo presionado por la mujer y está empeñado en demostrar que hizo todo lo posible, "hasta consiguió una terapeuta". Es un clásico.

–Lo que pasa es que en este caso no me cierra. Primero porque Cristina no parece el tipo de mujer que fuerza situaciones como ésta, desde la intuición te diría que es ella la que está para darle el gusto a él. Segundo porque ellos estaban separados. Hasta donde me cuentan, él la llamó para venir a consulta. No, no es eso.

–Bueno, vamos a seguir el camino de escuchar a tu intuición terapéutica —propuso Nancy. Ella está para darle el gusto a él, ¿y él?, ¿por qué está él?

–Eso es lo que no sé, y seguramente lo que me intriga.

–Hmmmmm...

–¿Qué pasa? —interrogó Laura.

–Me parece que si él no está en función de su pareja y habida cuenta de que había en ese consultorio solamente otras dos personas, Roberto debía estar por alguna de las dos... Él mismo o... tú.

–¿Yo? —Laura reconstruyó mentalmente la sesión del día anterior. Ahora que recuerdo, una de las cosas que anoté en el reporte de sesión fue que en muchos momentos sentí que intentaba seducirme con sus comentarios y sus conocimientos previos.

–Tal vez fue así —agregó Nancy.

–Yo interpreté que era una de esas conductas habituales en muchos pacientes que tratan de conquistar la simpatía del terapeuta para conseguir que más adelante se ponga de su lado cuando se planteen los temas de pareja.

–Puede ser, el diagnóstico lo dará entonces tu propio registro. ¿Tú te sentiste manipulada o seducida?

–No sé... No sé... —respondió Laura. Tú sabes que estoy en un momento especial, tengo miedo de estar equivocándome totalmente percibiendo en esta consulta lo que de alguna manera yo podría estar deseando que me pase en la vida real.

–Oye, para. La psicoanalista aquí soy yo. Dime ¿éste no es el paciente que me contaste que escribió ese cuento del príncipe y que se quedó encantado con tu comentario y que a partir de allí pidió tus números?

Laura asintió con la cabeza.

–¿Sabes en qué me haces pensar? Cuando llamó para pedir una hora yo le propuse una cita y le pregunté (como siempre lo hago) si podrían venir, y ahora me doy cuenta de que después de un silencio raro la comunicación supuestamente se cortó y Roberto me volvió a llamar al otro día...

–Y bueno... está todo claro. Él tenía la fantasía de ir solo a la sesión y tu pregunta lo despistó. Lo que sigue es lógico; llamó a Cristina y le propuso ir a una sesión de pareja.

Nancy extendió el brazo para tomar una medianoche y, antes de llevársela a la boca, satisfecha con su deducción, agregó en tono sentencioso:

–Te aseguro que Roberto viene por ti y no por Cristina.

–¿Te parece? Mira tú... —dijo Laura y se puso a mirar por la ventana del bar.

Laura nunca habría registrado su sonrisa si Nancy no se lo hubiera hecho notar.

El sábado por la mañana, Laura se sentó en la computadora; tenía urgencia de escribir.

Querido Fredy:
Me gustaría desarrollar el asunto de cómo la gente se cuenta cuentos, cómo se arma libretos y se los cree.

¿No te parece impresionante que alguien se junte o se separe, sufra o se aleje una y otra vez y no tenga claro el porqué?

"Los hombres no sirven para nada", "yo necesito un hombre fuerte y siempre me tocan los débiles", "ya pasó mi cuarto de hora", "así como soy nadie me va a querer", "los hombres sólo quieren acostarse y después alejarse", "las mujeres lo único que quieren es un tipo que las mantenga", "yo con alguien así jamás tendría nada", etcétera, etcétera.

Cada uno tiene una historia de condicionamientos neuróticos que quiere encajar en la situación

229

con los otros. El tema de los cuentos que se inventa cada uno no sería tan grave de no ser porque terminan por convertirse en profecías que se autorrealizan.

Por ejemplo, una mujer que teme ser abandonada. Cada vez que nota un pequeño alejamiento de su pareja vuelve con el reproche:

"¿Ves que no me quieres, que siempre me dejas sola?"

Si el hombre estaba tomando una pequeña y transitoria distancia, ella con sus reproches va a ir reforzando la actitud de él a distanciarse, hasta que el hombre se sienta abrumado y, finalmente, la deje.

Luego, ella confirmará su teoría de que los hombres siempre la dejan sola, que no se puede confiar en ellos, etcétera.

En estas situaciones es importante tomar conciencia. Darnos cuenta de qué hacemos para repetir la historia es el primer paso para dejar de hacerlo.

En las parejas los libretos de cada integrante se apoderan cada vez más de la relación e influyen en la percepción que cada uno tiene del otro.

Cada uno asigna a su compañero un papel en su historia y entre los dos crean una realidad distorsionada.

Las personas establecen sus relaciones con una idea de lo que va a ocurrir, se comportan como si eso ocurriera efectivamente hasta que consiguen que suceda.

Estuve viendo a la pareja que me mandaste: Roberto y Cristina.

Cada uno vino, como siempre vienen las parejas, con sus creencias a cuestas. Ella con la idea de que, en una buena pareja, el otro debe ser siempre prioridad uno. Él con la convicción de que los problemas del vínculo se deben a que son diferentes, "porque en una pareja lo importante es coincidir".

Hay que ayudar a la gente a salirse del mito que supone que si nos queremos tenemos que coincidir en todo. No es así, amarse no significa pensar igual ni quererte más que a mí mismo.

La cuestión es que me respetes como soy.

La cuestión es "amarse con los ojos abiertos", como el título de nuestro libro.

Cuando podemos lograr esto en una pareja, no es tan difícil ponernos de acuerdo, porque ya hay un acuerdo esencial: yo te acepto como eres y tú me aceptas como soy.

Deberíamos insistir acerca de lo maravilloso que es sentirse aceptado como uno es, porque la aceptación nos da sensación de libertad; es como un motor que nos permite soltarnos. Es importante trabajar para aceptar a nuestro compañero como es, viéndolo en su totalidad, descubriendo su sistema de funcionamiento y respetando su estilo.

Cuando uno de los integrantes de una pareja dice:"Me gustaría que fueras menos esto o más aquello", no advierte que si el otro efectivamente cambiara, cambiaría entonces todo el sistema, y es más, nadie podría garantizar que la persona que reclamaba el cambio siga sintiendo que el otro le gusta, porque el cambio lo habrá convertido en otra persona.

Sabemos que queremos al otro así como es; no

podemos saber si lo querremos cuando sea de otra manera.

Las personas somos un paquete completo y amar es poder aceptar al otro como un solo paquete, quererlo como es, sin intentar cambiarlo. En fin, todo un desafío... que empieza por uno mismo.

Aceptarte empieza por aceptarme.

Aceptarse, debemos repetir hasta el cansancio, no quiere decir resignarse o creer que no hay mejoras.

Todo lo contrario: estamos convencidos de que es ese movimiento de aceptación y no pelea (y ninguna otra cosa) lo que puede generar el cambio verdadero.

Todo cambia naturalmente. Si me doy cuenta de eso me entrego sin miedo, porque sé que no me voy a quedar estancado allí, que la vida es un fluir permanente.

Aunque suene contradictorio, querer cambiar es frenar este proceso natural de cambio. Por el contrario, aceptar es permitir el cambio natural que se va a dar sin que yo lo decida.

Estar vivo es estar en movimiento permanente; lo que no puedo hacer es querer dirigir ese cambio.

Si juntamos estos dos temas (el de la falta de aceptación y el de atarnos a nuestras creencias) tendremos el mapa de los problemas de noventa por ciento de las parejas.

Entramos en la pareja llenos de ideas sobre cómo debe ser el vínculo, cómo se comporta una mujer, cómo se comporta un hombre, cómo debería comportarse alguien que nos quiere, qué es y qué no es compartir, cuánto y cómo se debe hacer el amor, si debemos hacer o no todo juntos, etcétera.

Y ni en la pareja ni en los individuos existe un deber ser que determine lo que es mejor. Lo mejor es siempre ser quien uno es.

Es verdad que es posible evolucionar y superarse, pero sólo cuando partimos de aceptar que somos quienes somos aquí y ahora.

Dice la Nana: "Nadie puede construir un puente sobre un río que no ve".

Aceptarnos no quiere decir renunciar a mejorar, quiere decir vernos como somos, no enojarnos con lo que nos pasa, tener una actitud amorosa y establecer un vínculo reparador con nosotros mismos, que es lo que nos ayuda a crecer.

Si seguimos en el trabajo de autotortura, exigiéndonos ser lo que no somos, seguramente terminaremos colgando en alguien la causa de nuestro descontento. En un principio este lugar lo ocupan los padres; pero luego, en la medida en que crecemos desplazamos esta acusación a nuestra pareja: "Él (o ella) es el (la) culpable de que no me desarrolle profesionalmente, de que no me divierta, de que no gane dinero, de que no sea feliz".

El trabajo empieza por uno.

Aceptarnos es habitar confortable y relajadamente en nosotros mismos.

Besos.

Laura

PD: ¿Cuándo vuelves? Necesito que nos encontremos.

Laura terminó de escribir el larguísimo texto y lo copió en el portapapeles para transcribirlo al mail.

Abrió su administrador de correo y automáticamente buscó *Componer mensaje nuevo...* clic; *Para...* clic; se abrió la libreta de address, allí buscó *Alfredo Daey...* click; *Aceptar...* clic. En el casillero *Asunto* de la ventana del mail escribió: "Creencias". Hizo clic en *Pegar* y el largo mail quedó escrito en la pantalla.

Subió a *Enviar...* clic.

La confirmación apareció en el monitor:

Su mensaje acaba de ser enviado a Alfredo Daey en: rofrago@yahoo.com

A punto de apagar la computadora se dio cuenta del error. Buscó el mail en mensajes enviados, hizo clic en "Creencias" y cuando el mensaje se abrió en pantalla bajó hasta la última linea y agregó:

PD: Acabo de mandarte este mail a tu dirección anterior. Allí quedará, esperando tu regreso.

Mientras, te lo mando otra vez a *trebor*. Más besos.

Laura

¿Debía haberle contado más a Fredy sobre su entrevista con Roberto y Cristina? Posiblemente. Sin embargo, se sentía muy confundida por el momento. La conversación con su amiga había empeorado la turbulencia. ¿Y si Nancy tenía razón?

Laura llevaba un estandarte que enarbolaba con orgullo: NUNCA había tenido un enredo con un paciente.

Por otra parte, como ella misma había escrito (¿se había escrito?), debía aceptarse, no pelearse con sus pensamientos, con sus sentimientos ni con sus vivencias.

Pero "aceptarse" en ese momento implicaba admitir que la conducta seductora de Roberto, la conversación con Nancy y el mail de Fredy incitándola a explorar, habían movilizado en ella una serie de fantasías que no solía tener presente en los últimos tiempos.

No podía negar lo que su profesión le impedía desconocer: que la confusión conduce siempre a la certeza si uno se da el tiempo suficiente de permanecer confuso. No iba a ser fácil, por lo tanto, hacerse trampas.

Debía, pues, por incómodo que resultara, esperar.

El mail que Fredy le mandaba en respuesta al suyo venía a responder algunas de sus inquietudes.

Querida Laura:
Es importante encontrar un equilibrio entre contener y expresar las emociones..

Creo que todo esto que venimos diciendo es muy bueno para personas que tienen dificultad de expresarse; pero no debemos olvidar que también hay otras que tienen el problema opuesto, que es no poder contener lo que sienten. Este punto es muy interesante, porque mucha gente acostumbrada a leer sobre gestalt se da permiso para decir cualquier cosa porque lo siente, y cree que si lo siente tiene que expresarlo.

No estoy para nada de acuerdo, sobre todo cuando esas personas dicen barbaridades y después argumentan: "Ahhh, yo soy muy auténtico y si siento tal cosa yo te lo digo". No es así.

No dudo de que ser conscientes de lo que sentimos, no engañarnos con los pensamientos, darnos cuenta de lo que nos pasa, son actitudes esenciales. Esto es la salud. De aquí en adelante voy a ver qué hago con lo que me pasa.

Sin embargo, en ocasiones es muy importante aprender a contener lo que sentimos.

Deberíamos ser capaces de retener lo que nos pasa hasta el momento oportuno para expresarlo, y buscar la forma adecuada para que el otro pueda recibir nuestro corazón abierto.

Pongamos por caso el de nuestro paciente Roberto. Quedó fascinado con la entrevista contigo. Al día siguiente de verte me escribió un mail contándome el encuentro y agradeciéndome la recomendación.

Entonces me dice (te lo cuento de colega a colega) que a los cinco minutos de entrar sintió que estaba enamorado de ti desde antes de conocerte. Dice que hubiera querido pedirle a Cristina que se fuera y dedicar ese tiempo a hablar sobre sus cosas o sobre las tuyas, pero no sobre las de ellos dos (y la verdad es que no me pareció un caso de manifiesta transferencia positiva...).

Con buen criterio de salud, me parece, Roberto decide controlar el impulso y dejar estar esa emoción sin necesidad de transformarla compulsivamente en una acción.

Creo que el tema no es vomitar irresponsablemente, eso no ayuda para nada. Es fascinante el trabajo de ir hacia adentro navegando por nuestras emociones hasta ver qué pasa en el fondo, no quedarnos con una primera emoción que puede esconder otras.

Es todo un tema el de las emociones. No confío en las personas que las toman como determinantes absolutas de su acción. Hace falta tener mucho trabajo realizado para saber lo que uno realmente siente y recién después decidir si es o no el momento de decirlo, de actuarlo, de mostrarlo.

Frecuentemente la gente no se registra; ¿cómo pretender que sea razonable en la expresión de sus sentimientos?

Para terminar, te confieso que a veces, cuando las personas dicen, estupideces como "la quiero pero no la amo", "Fulano ha muerto para mí" o "lo quiero como persona", yo me pregunto qué estarán queriendo decir.

Fredy

PD: Y HABLANDO DE CUIDADOS, no me mandes más mails a la dirección anterior. Nunca te perdonaría perderme alguno de tus mensajes.

Desde la parte de las confesiones de Roberto en adelante Laura había apresurado la lectura, leía el mail pero a la vez rastreaba en el texto para ver si había una nueva alusión a Roberto. Apenas leyó la firma volvió a esa parte y la releyó frenéticamente unas seis veces. Casi sin respiro, y con el párrafo en pantalla, levantó el teléfono para dejar un mensaje en la contestadora de su amiga:

–Nancy, ¡qué claro lo tienes!

Capítulo 15

Laura abrió el clóset, escogió una camisa y se la puso frente al espejo con un cuidado especial. Notó que se arreglaba un poco más que de costumbre y se permitió hacerlo.

La llamada había sido de por sí atípica: Roberto que pedía hora para una entrevista individual. Argumentaba que, dada la situación, no tenía sentido seguir asistiendo a las sesiones con Cristina antes de que ellos conversaran a solas por lo menos una vez.

Fiel a su ética profesional, Laura le había preguntado si Cristina sabía de esta llamada y de su propuesta, ante lo cual Roberto le aseguró que no sólo lo sabía sino que además lo aceptaba; de hecho, Cristina nunca había estado demasiado de acuerdo ni siquiera en ir a la primera consulta, añadió.

A las tres de la tarde Laura le abrió otra vez la puerta de su consultorio y lo invitó a sentarse.

–¿Un té? —preguntó.

–Sí, gracias —contestó Roberto.

Al acercarle la taza Laura descubrió que Roberto tenía hermosos ojos castaños y se lamentó de no haberlo notado antes.

–Creo que la vez pasada vine con una excusa —empezó Roberto—, quiero decir, me parece que sé desde hace mucho tiempo que mi pareja con Cristina no funcionará.

–¿Y entonces?

–Como Fredy siempre me dice, a veces me cuesta darme cuenta de que la verdad es la única posibilidad. Invento realidades alternativas que conducen a situaciones inútiles. Vine porque pienso que me podrías ayudar con algunas cosas que no tengo del todo resueltas.

–Se supone que para eso está tu terapia con Fredy.

–Fredy es mi amigo, aunque muchas veces me ayude a ver lo que me cuesta ver solo. El caso es que desde que escuché lo que escribiste sobre mi cuento de Egroj empezó a rondar en mi cabeza la idea de conocerte. En ese momento no sabía si quería retomar terapia o charlar en una mesa de café, pero sabía que no quería dejar de darme esa posibilidad. Así que llamé para pedir una cita y cuando tú me preguntaste si "nos" quedaba bien el jueves, me enteré de que se suponía que debía venir en pareja. Entonces me pareció que era una buena idea invitar a Cristina, así podría resolver dos temas de una sola vez: conocerte y terminar de definir mi situación con ella. Eso es todo.

–¿Y ahora?

–Ahora he leído algunas de las cosas que escribiste para el libro...

–¿Cómo fue eso? —interrumpió Laura.

–Le pedí a Fredy que me leyera algunas de las cosas que tú y él escribían, y a medida que las escuchaba me daba cuenta de que tú eras la persona con la que yo quería seguir creciendo.

La entrevista se prolongó mucho mas allá de los sesenta minutos previstos. Roberto le pareció a Laura un hombre muy interesante, inteligente, sensible, creativo, fresco y seductor.

Hablaron sobre su trabajo, sobre el de ella, sobre parejas, sobre el amor, sobre la muerte del romanticismo, sobre el sexo y sobre las diferencias culturales arquetípicas entre hombres y mujeres.

Casi en ningún momento Laura se sintió ocupando el lugar de terapeuta, en todo caso, y a ratos, el de una maestra con algún camino más explorado; el resto del tiempo simplemente se sintió como una mujer frente a un hombre que contaba sus experiencias y sostenía posturas tan diferentes como encantadoras.

A las cinco y diez sonó el teléfono del consultorio y Laura habló por unos tres minutos con una paciente. Ni bien colgó se acercó a donde estaba Roberto.

—Bueno —le dijo sin sentarse—, creo que por hoy es suficiente.

—¡Cinco y cuarto! —exclamó él mirando su reloj.

Roberto se puso de pie.

—¿Cuánto te debo? —preguntó.

—Nada —dijo Laura.

—No, por favor, es tu trabajo —insistió Roberto.

—Esto no fue trabajo —le dijo Laura honestamente.

—Me encantó nuestra charla —dijo Roberto.

—A mí también —repuso Laura.

Roberto demoró la pregunta hasta llegar a la puerta:

—¿Podemos volver a vernos? Me gustaría ser yo quien te invite a tomar un té.

Laura se sintió descubierta, aunque de alguna

manera esperaba ese comentario. No sabía si lo deseaba para aceptarlo o para confirmar la validez de las sensaciones que la invadían. Laura había aprendido que, cuando no sabía, debía decir lo que dijo:

–No sé... —contestó abriendo la puerta.

Se despidieron con un beso en la mejilla, y cuando Roberto levantó la mano en señal de último saludo, Laura quiso agregar:

–Llámame.

Esa noche llegó a su casa, encendió la computadora y escribió:

Fredy:

Algún día estuvimos de acuerdo en que uno de los objetivos del libro sería desmitificar el amor, la pareja, el sexo; poner todo en el lugar que ocupa para nosotros, sin tantas ideas preconcebidas ni mandatos, un poco más leve, más real.

Creo que en un primer momento esta posición es inquietante, pero no dudo de que luego es muy relajante.

El amor romántico murió.

Tendríamos que determinar de qué hablamos hoy cuando hablamos del amor. Creo que es una pregunta fuerte con la que el libro tiene que trabajar.

Tú dices: "Amor es que alguien me importe", "Si alguien me importa quiere decir que lo quiero y si ya no me importa será que no lo quiero más".

Sin embargo, yo pienso que el amor sigue incluyendo una sensación física, no sé cómo definirlo. Me pasa con todas las personas que quiero. En los momentos de más intensidad es como si se me abriera el pecho, en lo cotidiano, como un bienestar físico. Me pasa con amigos, con mi familia, con mi exmarido y hasta con algunos pacientes. Me alegra verlos o hablar con ellos. Pero no me pasa con todos, con algunos sucede y con otros no. Por supuesto que no es contradictorio con lo que tú dices: esa gente me importa; pero para mí hay más.

Hay gente que me llega hasta el alma.

Cuando me separo de Estela, que vive en Córdoba, o de Nana cuando viaja a Chile, siento como un dolor en el pecho, que no sucede cuando me alejo de otras personas.

No me gusta esta manera de definirlo, no es nada clara, pero por ahora no me sale otra.

Amar tiene que ver con la decisión de dejar entrar al otro, con bajar mis defensas, con abandonar mi desconfianza, con animarme a salir de mis ideas rígidas en su honor y ponerme en actitud de ver cómo es, cómo se mueve y cómo piensa, sin intentar que piense como yo o que haga lo que yo pienso; tiene que ver con no intentar forzarme a ser como yo creo que a él le gustaría.

Creo que el amor es algo que va sucediendo. Pero para llegar a eso hay que atravesar los prejuicios que nos impiden el amor. Y uno de esos prejuicios es nuestra definición cultural de pareja.

¿Qué es una pareja? ¿Qué es lo que hace que dos personas sean una pareja? Tú siempre mencionas el proyecto en común. Nunca se me hubiera ocurrido; yo pienso que son otras cosas, pero te escucho.

El gusto de estar juntos, ésta sería otra definición.

Obviamente, si sólo estoy evaluando cuán lindo es, cuánto dinero tiene o cuánto me quiere, eso me impedirá conectarme con lo que me pasa estando con él.

Podría decir que desde el placer de estar con otro tomamos la decisión de compartir la mayoría de las cosas con esa persona, y ésa es una decisión interna. Ni siquiera tiene que ver con quien uno vive, ni siquiera es voluntaria, más bien es algo que ocurre cuando nos sentimos unidos a otro de una manera diferente. Es un compromiso interno. Cuando estamos conectados con la presencia de ambos.

Presencia.

¿Qué es presencia?

Estar en el aquí y ahora es quizá la parte más importante de este desafío.

Es necesario aceptar sin falsas modestias que lo que hace al presente tan especial y tan diferente del pasado y del futuro es, sin lugar a dudas, mi presencia. Esto está ocurriendo verdaderamente, está disponible y yo lo estoy viviendo.

Estar en el aquí y ahora, el continuo del darse cuenta (como lo llamaba Fritz Perls) es una técnica, un método, e incorporarlo es como aprender a andar en bicicleta; al principio necesitas las rueditas para no caerte, necesitas estar pendiente del equilibrio y es muy difícil. Pero con la práctica llegamos al punto de automatizar y empieza a suceder inexplicablemente el fluir en el andar sin tener que ocupar tu mente en mantener el equilibrio.

En nuestra propuesta este fluir es la presencia.

El trabajo psicológico que hacemos se coloca,

así, al servicio del desarrollo espiritual. El yo estructurado nos impide el acceso a nuestro verdadero ser, de modo que nuestra desestructuración personal se convierte en un vehículo para lo absoluto, y el principal obstáculo es que no sabemos estar presentes en nosotros mismos.

¿Cómo estar presentes en los lugares en los que no quisiéramos estar presentes? ¿Cómo estar presentes en los lugares de donde lo único que queremos es huir?

Esos lugares que detestamos son los lugares donde nunca aprendimos a estar, situaciones en las que nadie nos enseñó a estar y antes bien aprendimos a huir de ellos.

Tenemos que desarrollar la capacidad de estar allí nuevamente.

Nos imaginamos que es imposible estar en lugares dolorosos y, en consecuencia, creemos que la única salida es reaccionar: meterse, atacar, culpar, escapar.

Después de haber vivido muchos años en esta actitud, esos lugares quedaron abandonados. A causa de este vacío de presencia, quedó internamente una especie de agujero negro, hay un pedazo que falta.

Las historias que nos contamos parten de la idea de que si nos metemos en nuestra pena, nunca vamos a salir de ella; si nos entregamos a nuestra tristeza, vamos a quedar atrapados allí. Es peligroso volver a ese lugar, lo imaginamos cubierto de oscuridad, cuando en realidad lo único que hay allí es falta de presencia.

Por eso tenemos que aprender la manera de estar presentes en aquel lugar, porque allí es donde vamos a curarnos a nosotros mismos.

Si podemos estar presentes en ese dolor, donde nunca habíamos estado, comenzaremos a encontrar nuestra fuerza.

Y entonces, otra vez, en el encuentro con nosotros mismos, el encuentro con el otro se hace posible.

Estamos los dos presentes. Y de esto se trata.

Uno de los problemas de nuestra actitud desmistificadora es que atenta contra toda la tradición cultural basada en que con el casamiento se resuelve todo. Todas las historias de amor terminan con un final feliz:

"Se casaron, fueron felices y comieron perdices" (?). Despertemos a los distraídos:

La pareja no es eso.

La pareja es un camino nuevo, un desafío.

Con ella nada termina, al contrario, todo comienza. Salvo una cosa: la fantasía de una vida ideal sin problemas.

Es duro tener que dejar de lado nuestras fantasías sobre lo que podría ser. Es una renuncia importante. Esa pareja ideal con la que soñé desde que era una niña muere con el matrimonio y es un gran dolor. Ciertamente cuando me doy cuenta de que no es así, empiezo a odiar al culpable.

Es necesario aprender que soy yo la que tiene que resolver su propia vida:

Qué me gusta.

Cómo voy a mantenerme.

Cómo quiero divertirme.

Cuál es el sentido que le quiero dar a mi vida.

Todas estas cuestiones esenciales son personales, nadie puede resolverlas por mí. Lo que puedo esperar de una pareja es un compañero en mi ruta, en la vida, alguien que me nutra y a su vez se nutra con mi presencia. Pero sobre todo alguien que no interfiera en mi camino de vida.

Esto es bastante.

La peor de nuestras creencias aprendidas y repetidas de padres a hijos es que se supone que vamos en búsqueda de nuestra otra mitad.

¿Por qué no intentar encontrar un otro entero en vez de conformarse con uno por la mitad?

El amor que proponemos se construye entre seres enteros encontrándose, no entre dos mitades que se necesitan para sentirse completos.

Cuando necesito del otro para subsistir, la relación se hace dependencia.

Y en dependencia no se puede elegir. Y sin elección no hay libertad.

Y sin libertad no hay amor verdadero.

Y sin amor verdadero podrá haber matrimonios, pero no habrá parejas.

Te quiero siempre.

Laura

Laura releyó lo escrito y se reclinó satisfecha.

Cuando apretó el botón de *Enviar* y *Recibir* apareció en su bandeja de entrada un largo mail titulado "Hola Laura" que venía desde *amarseconlosojosabiertos@nuevamente.com*.

Epílogo
amarseconlosojosabiertos@

Estimado Roberto:

P or fin llegó la hora de conocernos. Durante estos dos años hemos estado tan cerca y tan en contacto y, sin embargo, sabiendo verdaderamente tan poco el uno del otro.

Empecé a sospechar de tu existencia cuando recibí el segundo mail del doctor Farías (el presidente de Intermedical, ¿te acuerdas?). Al principio era incomprensible el texto de su disculpa y muy sorprendente el mensaje adjunto que supuestamente yo le había enviado mandándolos de paseo. Me llevó meses comprender lo que podía haber pasado, y aún hoy habiendo confirmado los hechos me sigue pareciendo increíble.

Yo registré *rofrago* hace dos años. Era el producto de un juego con los nombres de mis hijos: Romina, Francis y Gonzalo, y lo utilizaba desde entonces como el mail operativo de comunicación con el afuera. También yo, como tú, supongo, me sorprendía de la cantidad de mensajes perdidos que llegaban a mi casilla; y aunque nunca contesté ninguno, reconozco haber borrado algunos para liberar espacio de mi casillero.

De todas formas no quiero usar este espacio para

249

discutir la confiabilidad o falibilidad de los recursos de internet. Me gustaría ser breve y no perder de vista el objetivo de este mensaje, aunque esto requiera de cierta explicación previa.

Como supongo que ya sabes, Laura y yo nos conocíamos hace muchos años de cruzarnos en congresos o en actividades de la asociación. Yo leía y valoraba sus conferencias y sus artículos sobre parejas, y ella, según dice, disfrutó de algún libro que yo escribí. Por azar o no tanto nos encontramos haciendo una presentación conjunta en el congreso mundial de la Asociación Gestáltica en Cleveland, Estados Unidos. Allí fue cuando se me ocurrió la idea de escribir juntos un libro sobre parejas. Hacía mucho que yo venía investigando sobre el tema, pero la idea de aportar la claridad y la experiencia de Laura era francamente tentadora.

Después de reunirnos varias veces nos dimos cuenta de que los compromisos y actividades de cada uno impedirían la frecuencia de nuestros encuentros, así que decidimos manejarnos por e-mail. La idea, como ya sabes, fue intercambiar información para más tarde darle forma de libro.

Laura coincidía conmigo en que escribir un libro similar a otros sobre el tema era intrascendente y prescindible; había que encontrar una estructura diferente. Cuando los mails empezaron a ir y venir, a mí se me ocurrió que podíamos editarlo en forma de intercambio de correo electrónico entre dos terapeutas que cambian ideas sobre terapias de pareja y parejas en terapia.

El tiempo pasó y Laura seguía escribiendo y quejándose de mi poca presencia, pero yo estaba descorazonado, nada terminaba de convencerme. Le pedía a Laura que siguiera escribiendo pero no sabía qué vuelta encontrarle al libro para que fuera atractivo, ¡al menos para mí!

Y ahí, mágicamente, apareciste tú.

La confirmación de cómo habían sucedido los hechos llegó cuando Laura envió por error aquel mensaje a *rofrago*. Como te decía más arriba, me llevó varias semanas poder darle coherencia a los hechos: entender que habías estado escribiéndole a Laura en mi nombre, deducir tu creación de *trebor* (Robert al revés, claro) y la doble mentira para preservar el control de nuestro intercambio.

Te confieso que me enojé enormemente. Cuando le escribí a Laura desde esta nueva casilla contándole de ti todavía las fantasías jurídicas y vindicativas rondaban por mi cabeza...

Hasta que, de pronto, una mañana me desperté iluminado:

Ésta era la trama para el libro.

Ésta era la presentación. Lo que debía hacer era meter la realidad de tu existencia en medio de los conceptos de la teoría de psicología de parejas y armar una novela.

El único objetivo de esta carta, mi querido Roberto, es agradecerte. Te aseguro que no hay ironía en esta frase. Como siempre digo, yo no soy un escritor y creo que Laura tampoco. Te aseguro que jamás, te repito, jamás, se nos hubiera ocurrido una trama tan atractiva y atrapante como la que planteó tu presencia entre nosotros.

Como prueba de nuestro honesto reconocimien-

251

to vayan la dedicatoria de nuestro libro y este cuento que yo personalmente elegí para contarte.

No sé quién lo escribió, ni quiénes lo hicieron circular por internet, pero llegó a mí como un regalo de mi amigo Pancho Hunneus de Chile.

Había una vez en un pueblito muy pequeño un hombre que trabajaba de aguador. En aquel entonces el agua no salía de las llaves, estaba en el fondo de profundos pozos o en el caudal de los ríos. Si no había pozos excavados cerca del pueblo, el que no quería ir a buscar el agua personalmente debía comprarla a uno de los aguadores que con grandes tinajas iban y volvían al pueblo con el preciado líquido.

El pueblo era pequeño y no tenía pozos. El hombre era el único aguador del lugar. Desde el amanecer y hasta que el sol caía, el protagonista de este cuento cargaba con dos grandes tinajas de barro que colgaban de una vara de madera sobre sus hombros. Tinajas vacías camino al río, tinajas llenas camino al pueblo. Así seis o siete veces por día.

Una mañana, una de las tinajas se agrietó y empezó a perder agua por el camino. Al llegar al pueblo los compradores le pagaron las acostumbradas diez monedas por la tinaja de la derecha pero sólo cinco por el contenido de la otra que apenas estaba por la mitad.

Comprar una tinaja nueva era demasiado costoso para el aguador, así que decidió que debía apurar el paso para compensar la diferencia de dinero que recibía.

Durante dos años el hombre siguió yendo y viniendo a paso firme trayendo agua al pueblo y recibiendo sus quince monedas en pago por una tinaja y media de agua.

Una noche lo despertó un chistido en su habitación:

–Chsssst... chsssst...

–¿Quién anda ahí? —preguntó el hombre.

–Soy yo —dijo la voz, que salía de la tinaja agrietada.

–¿Por qué me despiertas a esta hora?

–Supongo que si te hablara de día y a plena luz, el susto impediría que me escucharas. Y necesito que me escuches.

–¿Qué quieres?

–Quiero pedirte que me perdones. No fue mi culpa la grieta por donde el agua se escurre, pero sé lo mucho que te he perjudicado. Cada día cuando cansado llegas al pueblo y recibes por mi contenido la mitad de lo que recibes por mi hermana me dan ganas de llorar. Yo sé que debiste cambiarme por una tinaja nueva y desecharme y, sin embargo, me has mantenido a tu lado. Quiero agradecerte eso y pedirte una vez más que me disculpes.

–Es gracioso que tú me pidas disculpas —dijo el aguador. Mañana bien temprano saldremos juntos tú y yo. Hay algo que quiero mostrarte.

El aguador siguió durmiendo hasta el alba. Cuando el sol se asomó en el horizonte tomó la vasija agrietada y se fue con ella al río.

–Mira —le dijo al llegar, señalando la ciudad—, ¿qué ves?

–La ciudad —dijo la vasija.

–¿Y qué más? —preguntó el hombre.

253

–No sé... el camino —contestó la vasija.

–Eso. Mira a los lados del sendero, ¿qué ves?

–Veo la tierra seca y el ripio del lado derecho del camino y los canteros de flores del lado izquierdo —dijo la vasija que no entendía qué le quería mostrar su dueño.

–Muchos años recorrí este camino triste y solitario llevando el agua hasta el pueblo y recibiendo igual cantidad de monedas por ambas tinajas... Pero un día noté que te habías agrietado y que perdías agua. Yo no podía cambiarte, así que tomé una decisión: compré semillas de flores de todos los colores y las sembré a ambos lados del camino. En cada viaje que hacía, el agua que derramabas regaba el lado izquierdo del sendero y consiguió en estos dos años hacer esta diferencia —el aguador hizo una pausa y acariciando su leal vasija le dijo todavía—: ¿Y tú me pides disculpas? ¿Qué importan algunas monedas menos si gracias a ti y tu grieta los colores de las flores me alegran el camino? Soy yo quien debe agradecerte tu defecto.

Ojalá seas capaz, yo creo que lo eres, de entender el sentido de haber elegido este cuento para regalarte.

Y bien. La novela está casi terminada. Nos falta decidir el final.

¿Deberían Roberto y Laura finalmente encontrarse y armar una relación saludable "a ojos abiertos" como sugiere el título del libro, que tan adecuadamente elegiste?

¿O debería Laura, al enterarse por Fredy de la mentira, despreciarlo, generando una moraleja sobre lo inconducente del engaño en el amor?

Quizá haya que encontrar otros finales menos clásicos.

O quizá, como en la vida, uno nunca sepa cómo van a terminar las cosas.

Doctor Alfredo Daey
amarseconlosojosabiertos@nuevamente.com

Ahh, hay algo más que debo agradecerte. Farías publicará mi trabajo bajo mis condiciones y sin ninguna restricción como una forma de compensar su tardanza.

24 de enero de 2000
17:07:10

M8150CT 60